조정래 대하소설

아리랑

조정래 대하소설

아리랑

청소년판

5

[제2부 민족혼]

조호상 엮음 | 백남원 그림

해냄

| 작가의 말 |

미래의 나침반이며 등불

흔히 학생들이 싫어하는 공부에 꼽히는 것이 수학 다음에 역사다. '연대 외우느라고 머리에 쥐가 난다'는 게 그 이유다. 주입식 암기 교육이 저지른 병폐다. 그건 잘못된 일본식 교육의 잔재인 것이다.

역사교육은 '연대 외우기'가 아니라 '그 흐름의 이해'여야 한다. 이야기로서의 역사 흐름을 이해하게 되면 연대는 부차적으로 기억하게 된다. 그런데 시험문제를 연대 암기식으로 내니 학생들이 역사 공부에 진저리를 칠 수밖에 없다.

또한 역사에 대한 일반적 인식도 문제다. 흔히 역사란 '과거'라고 생각한다. 그것은 '시간'만을 한정해서 생각한 아주 잘못된 인식이다. 시간의 흐름이란 한 줄기로 계속 이어져 흐르는 물의 흐름과 같고, 우리 인간들의 생명의 흐름도 그와 다를 게 없다. 따라서 나는 아버지로부터 왔고, 아버지는 할아버지로부터 왔다는 이 쉽고 평범한 사실을 명심하는 것, 그것이 역사 인식의 기본이다. 그러므로 어제는 오늘의 아버지이고, 내일은 오늘의 아들인 것이다. 이 필연적 연속성에 의해 역사는 '지나가 버린 과거'가 아니고 '살아 있는 현재'이며 '다가올 미래'인 것이다. 그래서 역사는 오늘의 좌표를 설정하는 교훈이고, 문제 해결의 방법을 알려 주는 열쇠가 된다. 또한 역사는 미래를 가리키는 나침반인 동시에 미래를 밝혀 주는 등불인 것이다.

우리 한반도는 강대국들 사이에 끼어 있는 작은 땅이다. 우리가 하필 이 작은 땅에 태어나, 살다가, 여기에 뼈를 묻어야 하는 건 우리의 힘으로는 어찌할 도리가 없는 우리의 운명이고 숙명이다. 이 작은 땅, 약한 나라라서 5천여 년 동안에 크고 작은 외침을 931번이나 당했고, 끝내는 일본에게 나라를 빼앗기는 굴욕을 당하고 말았다.

‘과거를 기억하지 못하는 사람은 그 과거를 되풀이한다.’ 철학자 조지 산타야나의 말이다. ‘역사를 망각하는 민족에게는 미래가 없다.’ 독립투사 단재 신채호 선생의 말이다. 치욕스러운 역사일수록 똑똑하게 기억해야만 하는 이유가 거기에 있다. 그래서 나는 일제 강점기의 굴욕과 핍박과 저항을 『아리랑』에 썼다.

그런데 그 이야기가 너무 길어 공부도 벅찬 학생들에게 꽤나 부담이 될 것 같았다. 그래서 좀 가볍고 쉽게 읽을 수 있도록 ‘청소년판’을 새로 엮게 되었다. 아무쪼록 우리 민족의 역사를 이해하는 데 청소년 여러분들의 친근한 벗이 되기를 바란다.

광복 70년, 분단 70년에

조정래

차례

제2부 민족혼

※ 일러두기

조정래 대하소설 『아리랑 청소년판』은 원작 『아리랑』을 청소년의 눈높이에 맞춰 분량을 줄이고 내용을 다듬는 것을 원칙으로 하였습니다. 다만, 소설의 특성상 역사 속 사건들의 현재성을 유지하기 위해 원작에서 사용한 방언 및 어휘를 그대로 따랐음을 알려드립니다.

10

어둠 저편의 새벽

"애기가 노요?"

쪽마루에 걸터앉은 필녀가 천수동의 아내 솜리댁의 팽팽하게 부른 배를 보며 물었다.

"이, 인제 발질을 허고 그런당게."

솜리댁은 기미 낀 얼굴에 사르르 웃음을 피웠다.

"그리 세게 노는 것이 아들인갑소."

"글쎄, 요 험헌 세상에서 아들이라고 좋을 것이 있능가?"

"음마, 세상이 험헐수록 아들을 낳아야 허는디, 나는 요놈의 가시네를 아까운 젖 먹여 키워서 어디다 써먹겄소?"

필녀가 업은 딸아이를 내둘렀다.

그때 양복을 입은 한 남자가 주저하는 몸짓으로 사립을 들어섰다.

"저…… 잠시 실례하겠습니다."

필녀와 솜리댁은 눈길이 마주쳤다. 양복쟁이는 보기가 쉽지 않았던 것이다.

"저는 야소교 목사올시다. 이번에 저쪽 동네에다 예배당을 새로 지었는데, 예수님을 믿으러 오시라고 이렇게 찾아왔습니다."

마흔 살쯤 돼 보이는 남자는 부드럽게 웃었다.

"야소교라고라? 우리는 타국에서 들어온 것은 안 믿으요. 우리 배달국 한배님을 믿제."

필녀는 송수익에게 배운 것을 거침없이 말했다.

"한배님? 아, 대종교 말씀인가요? 아, 그래서는 안 됩니다. 한배님을 믿는 것은 산신령이나 터줏대감을 믿는 것과 똑같이 귀신을 믿는 것입니다. 귀신을 믿으면 마음이 악해지고 더러워집니다. 그래서는 천국에 못 갑니다. 하늘나라 천국에 가려면……."

"뭣이여, 귀신? 야소교가 서양 귀신이제 어째서 우리 한배님이 귀신이여!"

필녀가 벌떡 일어나며 소리를 내질렀다.

"아니, 뭐, 뭐라고…… 서양 귀신……."

남자가 당황하며 얼굴이 구겨졌다.

"그려, 서양 귀신 믿어서 밥이 나오냐 죽이 나오냐? 우리는 한배님을 받들고 믿으면서 나라 찾자는 거이다. 요것이 맘이 악해지고 더러워지는 일이냐? 니가 여기서 다리몽댕이가 분질러져야 제정신이 나겄어!"

필녀는 남자의 콧구멍도 찌르고 눈도 찌를 것처럼 세차게 삿대질을 하며 퍼부었다. 그러고는 부엌 쪽으로 달려가 절굿공이를 집어 들었다.

"요런 넋 나간 조선 놈아, 어디 뒈져 봐라!"

필녀가 소리치며 뛰어가는데, 그 남자는 벌써 사립을 벗어나 달아나고 있었다.

"자네 아주 잘해 부렀네. 근디, 자네 어찌 그리 유식해져 부렀디야?"

"음마, 선생님이 그리 애써 가르치시는디 그것도 못허면 어디 사람이오?"

필녀가 눈을 흘기는 바람에 솔리댁은 그만 머쓱해졌다. 자기가 송수익 선생의 가르침을 제대로 따르지 못한 꼴이 되어 버렸던 것이다.

송수익은 작년에 대종교도가 되어 마을 사람들에게 교리를 가르쳤다. 대종교는 배달겨레의 시조인 단군을 섬기면서 독립운동을 하는 종교였다. 1911년 10월 환인현에 남만주 최초의 시교당을 세운 대종교는 동포들을 상대로 포교를 시작했다.

필녀가 야소교 목사를 혼쭐낸 일은 동네 사람들의 흥을 돋우는 이야깃거리가 되었다.

"우리 필녀가 할 만한 일을 했군."

그 이야기를 전해 들은 송수익이 빙긋이 웃으며 한 말이었다.

저녁을 먹고 나서 어둑어둑해질 무렵, 고개 너머 동네에서 두 남자가 송수익을 찾아왔다.

"선생님요, 즈이 동네에 밀정 놈이 들었십더."

한 남자가 가쁜 숨과 함께 토한 말이었다.

"밀정이!"

송수익이 허리를 곧추세웠다.

"야아, 약초 캔다는 늙은이하고 젊은 놈이 하룻밤 묵어가자고 안 했능교? 그런데 젊은 놈이 이상한 기라요. 한눈에 산에서 산 사람이 아니다 싶드마요. 그래 슬쩍 몇 년이나 약초를 캤나 물으니께네 칠팔 년 됐다 안 캅니까? 그게 시뻘건 거짓말이라요. 칠팔 년 됐다카면 손에 못이 백이고, 손톱은 모지라져야 안 되겠습니꺼? 그란데 그놈 손이 말짱헌 기라요."

"알겠소, 거의 틀림없소."

송수익의 단호한 어조였다.

지삼출이 불려 오고, 출동 명령이 떨어졌다.

"확인되면 절대 표 나지 않게 처치하시오."

송수익이 지삼출에게 지시했다.

지삼출 일행 여섯 명이 가진 총은 세 자루였고, 모두 칼을 차고 있었다.

지삼출은 네 명에게 집을 포위하게 했다. 그리고 자신은 김판술과 함께 방문을 박차고 들어갔다. 둘은 개머리판을 휘두르자 대항하지 못했다.

"묶으소!"

총을 겨누고 선 지삼출의 명령이었다.

김판술은 젊은이를 엎어 놓고 두 팔을 뒤로 묶었다.

지삼출은 늙은이만 어둠 가득한 뒷산으로 끌고 갔다. 배두성이와 양승일이 늙은이를 나무에 거꾸로 매달았다.

"거짓말 안 허면 당신은 살려 보낼 것이여. 우리야 같은 동포고, 잠시 잠깐 맘 잘못 먹은 것이야 죄가 아닝게. 어때, 저놈이 왜놈들 밀정이제?"

지삼출의 나긋나긋한 말이었다.

"아니오, 내 조카요."

"그려? 거짓말이면 이 나무 밑이 그대로 니놈 뫼등 되는 줄이나 알어!"

지삼출의 목소리가 거칠어졌다. 그리고 칼등으로 늙은이의 목

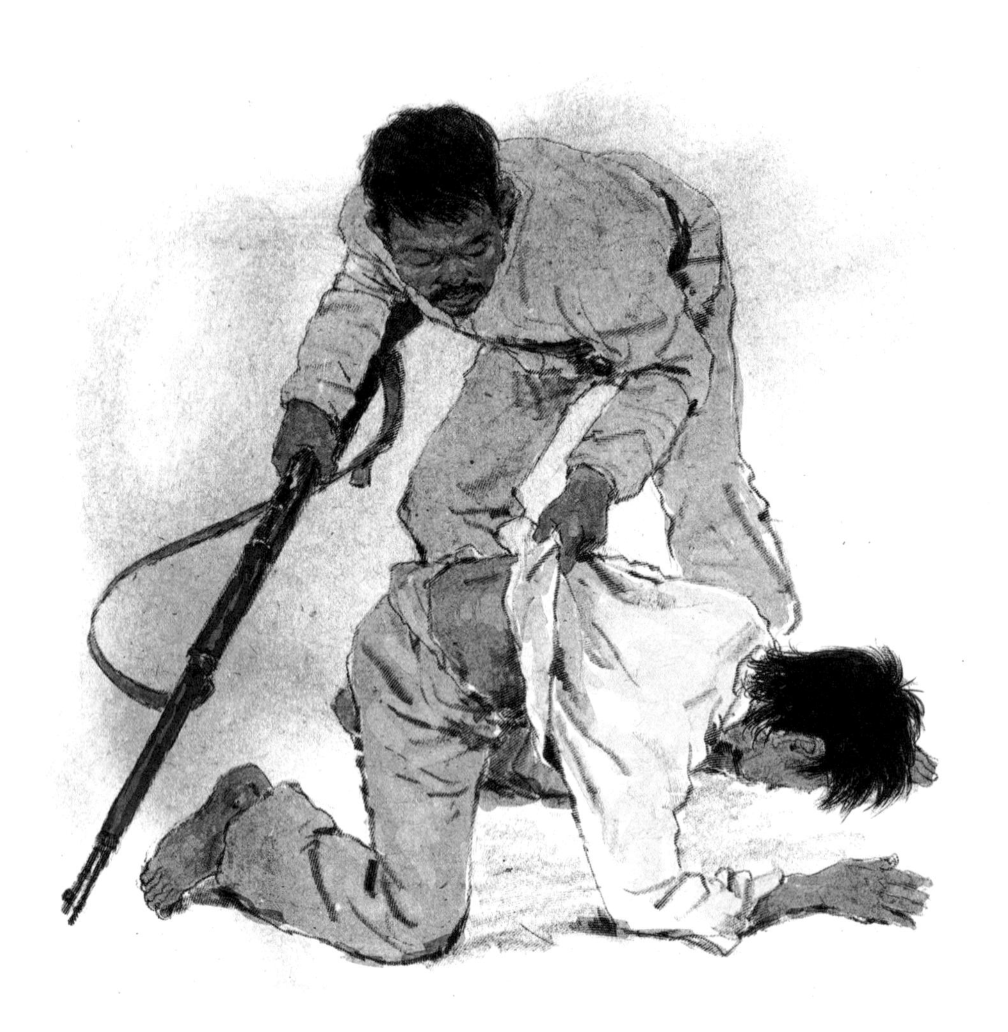

줄기를 득 긁어내렸다.

"아이고, 맞소. 밀정이오, 밀정."

늙은이가 쏟아 놓은 말이었다.

얼마 후, 그들은 구덩이를 깊이 파고 시체 둘을 던져 넣었다.

"땅 야물게 다지고, 위에 풀을 떠다 심어."

지삼출의 지시였다.

부민단은 동네마다 촌장을 두고 있었다. 그리고 두 동네나 세 동네를 단위로 무장자치대가 설치되어 있었다. 그러나 무장대는 아무 표도 나지 않았다. 낮에는 총을 들고 다니지 않았고, 옷도 농부복이었다. 겉보기로는 조선 사람이 모여 사는 마을일 뿐이었다.

그러나 장사치든 행인이든 낯모르는 사람이 나타났다 하면 금세 포위를 당해 조사를 받아야 했다. 독립운동가라도 소개장 없이 나타났다가는 신원이 확인될 때까지 갇히는 곤욕을 치러야 했다.

11

하루살이

"토지조사사업도 끝나 가고, 의병도 씨가 말랐으니 이제 조선 땅에 대일본 제국의 태평세월이 시작된 것 아닙니까?"

하시모토는 노골적으로 아부하며 쓰지무라에게 두 손으로 술잔을 올렸다.

"꼭 그렇지도 않네. 토지조사사업이 농토는 거의 끝났지만 산이 많은 지역은 아직 멀었고, 그렇게 총칼로 엄히 다스리는데도 덤비는 자들이 끝없이 생겨난단 말일세. 그게 다 조센징들의 질긴 근성 때문이네. 조센징들은 당장 총칼이 무서워 숨을 죽이고 있을 뿐이지 속으로 무슨 생각을 하는지는 모를 일이네. 조센징들은 무식하지만 머리가 좋고, 어리숙한 것 같아도 눈치가 빠르고, 저희들끼리 잘 뭉친다는 걸 잊어서는 안 된다 그 말이야."

쓰지무라는 하시모토 옆에 앉은 죽산면의 새 주재소장을 노려보듯 했다.

"예, 명심하겠습니다."

새 주재소장은 앉음새를 똑바로 하며 고개를 절도 있게 꺾었다.

하시모토는 쓰지무라의 남다른 분석력과 투시력에 놀랐다.

"참으로 뛰어난 견해십니다. 과장님한테는 언제나 배우는 것이 많습니다."

하시모토는 예의 바르게 머리를 조아렸다.

"뭐 뛰어날 건 없고, 그 정도로 알아 두면 하시모토 상도 조센징들을 부리는 데 이득을 보게 될 것이네."

겸손한 척하는 말과는 다르게 쓰지무라의 얼굴에는 자만이 는적이고 있었다.

"참, 이번에 국권 회복을 하겠다고 총독부에 종이쪽지를 올렸다는 임 뭐라고 하는 놈을 잡아넣지 않았습니까?"

"임병찬이란 놈 말인가? 그놈을 거문도로 유배시켜 버렸지. 물고기나 실컷 낚아 먹다가 죽으라고. 헌데 그놈이 한 짓이 세상모르는 잠꼬대처럼 보여도, 그런 놈들은 조센징들 속에 얼마든지 있네."

"예, 그렇구말구요. 그런 놈들은 샅샅이 잡아들여 없애 버려야지요."

하시모토는 맞장구를 쳤다.

"그런 놈들보다 몇 배 더 위험한 게 바로 하시모토 상 집에 침입한 놈들이네. 그놈들이 도둑질한 거액의 돈은 보나 마나 우리한테 대항하는 조직을 만드는 데 쓰일 것 아닌가? 그 악질 놈들을 아직도 못 잡고 있다니……."

쓰지무라는 혀를 차며 얼굴을 구겼다.

"너무 상심 마십시오. 고미야 소장이 그놈들을 틀림없이 잡을 겁니다."

하시모토는 옆에 앉은 주재소장의 허벅지를 쿡쿡 찌르며 자신 있게 말했다.

"예, 그놈들을 꼭 잡아 과장님께서 베풀어 주신 은혜에 꼭 보답하겠습니다."

새 주재소장 고미야는 술잔에 이마가 부딪힐 정도로 고개를 숙이고 또 숙였다.

"그건 나한테 보은하는 것이 아니라 거룩하신 천황 폐하께 보은하는 것이오. 앞으로 맘껏 능력을 발휘해 보시오."

쓰지무라는 조금 남은 술을 홀짝 마시고 고미야에게 잔을 내밀었다. 하시모토의 나이 또래인 고미야는 황급히 두 무릎을 세워 술잔을 받았다. 쓰지무라의 말은 얼핏 들으면 격려 같지만, 전 주재소장처럼 너도 얼뜨게 굴면 가차 없이 내치겠다는 협박이었다.

"헌데, 혹시 백 면장 소식 들으셨

습니까?"

하시모토는 말머리를 슬쩍 돌리며 쓰지무라에게 술을 권했다.

"백 면장이 두 번째 첩을 얻었다더군. 그 사람은 양반도 아니면서 양반 흉내를 곧잘 내고 산다니까. 허허허허……."

쓰지무라는 하시모토의 속셈을 눈치채지 못한 채 엉뚱한 말을 지껄였다.

"헌데 그 사람이 면장 자리에 앉아서 떵떵거리는 것은 순전히 과장님 덕 아닙니까?"

하시모토는 의미 깊은 눈길로 쓰지무라를 빤히 보았다.

"그야 말하나 마나 아닌가? 왜, 그자가 내 욕이라도 하던가?"

쓰지무라의 눈에서 불빛이 반짝 일었다.

"욕이라도 하면 차라리 제가 나서서 혼쭐을 낼 텐데, 아들하고 같이 과장님 체면에 똥칠을 하고 있으니 탈이지요."

"뭐, 내 체면에 똥칠을 해! 무슨 일인지 어서 말해 보게."

쓰지무라는 벌컥 화를 냈다.

"예, 백 면장이 헌병대에서 쫓겨난 아들놈한테 미곡 도매상을 시켰습니다. 헌데, 백 면장이 권세를 앞세워 면민들한테 쌀을 자기 아들에게 넘기라고 강압하고 있습니다. 아들은 아버지를 믿고 쌀을 강제로 뺏듯이 행패를 부리고요……."

"뭐야! 면장 놈이 그따위 짓을 하면 총독부가 욕먹는 것 아닌가!"

쓰지무라가 냅다 고함을 치며 술잔으로 상을 내리쳤다. 그 바람에 술 방울이 사방으로 튀었다.

"지당하신 말씀입니다. 헌데, 백 면장은 항의하는 사람들에게 군산부청 쓰지무라 과장님이 나하고 어떤 사이인 줄 아느냐고 협박해서 양반들도 꼼짝 못하고……."

"저, 저런 죽일 놈이 있나!"

쓰지무라는 더 화를 내뿜으며 또 술상을 내리쳤다.

그러나 하시모토는 화가 머리꼭지까지 치받쳐 오를 때까지 더 밀어붙이기로 했다.

"게다가 그 아들놈은 일본 상인에게 돈을 미리 받고 쌀을 넘겨주지 않아서 경찰서에 붙들려 갔습니다. 헌데, 일본 상인이 돈을 미리 준 것은 그놈이 과장님 양아들이라고 해서 그랬다는 겁니다."

"뭐라고, 그런 쳐 죽일 놈이 있나! 그놈을 당장 끌어와, 당장!"

쓰지무라는 소리를 지르며 새 주재소장에게 팔을 뻗쳤다.

손가락질을 당한 새 주재소장은 어쩔 줄 몰라 했다. 하시모토는 쓰지무라의 화가 마침내 폭발했음을 느꼈다. 이제 뽑은 칼을 내려치게만 하면 목적을 이루는 것이었다.

"과장님, 고정하십시오. 하찮은 조센징 때문에 화를 내시면 과장님 몸만 상하십니다."

하시모토는 애원이라도 하듯 간곡하게 말했다.

"예, 제가 책임지고 내일 잡아들일 테니 건강을 생각하셔서 참으십시오."

새 주재소장도 난처한 입장을 모면하려고 더듬거리며 말했다.

"그래, 자네들 말이 옳기는 하군."

쓰지무라는 한숨을 돌리고는, "그 외눈깔 놈이 어째서 내 양아들이라고 거짓말을 하는 건가?" 하며 화난 얼굴로 하시모토에게 눈길을 박았다.

"제 놈 애비하고 과장님이 의형제를 맺었으니 제 놈은 과장님 양아들이라는 겁니다."

"저런 사기꾼을 봤나? 그래서 경찰서에서는 어떻게 했나?"

"경찰서에서도 과장님과 백 면장이 가까운 사이라는 건 다 아는 처지고, 그 외눈깔도 헌병대에 근무한 경력이 있어서 쌀을 약속대로 상인에게 넘겨주기로 하고 풀어 주었답니다."

"저런 멍청한 작자들이 있나? 어쨌거나 백종두 그놈이 죽으려고 환장을 했구만. 그놈이 몇 살이나 먹었나?"

"예, 꼭 쉰 살입니다."

"벌써 그렇게 늙었나? 진작 잘랐어야 할 폐품 아닌가? 너무 오래 붙여 놓으니 그런 병폐가 생길 수밖에. 자넨 언제나 쓸 만한 정보만 가져온단 말야. 수고했네."

쓰지무라는 하시모토에게 술잔을 내밀었다.

"황송합니다."

하시모토는 술잔을 받으며 승리감을 만끽했다.

'제 놈이 그 땅을 먹어 치우려고 해? 어림없지, 한 치 앞도 못 내다보는 멍청한 놈.'

하시모토는 자신이 꾸민 연극에 만족하며 술잔을 단숨에 비웠다. 그가 쓰지무라에게 한 이야기 중에서 사실은 두 가지뿐이었다. 백종두가 자기 아들의 장사를 위해 나락을 팔려는 사람들에게 은근히 압력을 넣은 것과 그의 아들 남일이가 나락을 미처 정미하지 못해 약속한 날짜에 쌀가마니를 선적하지 못하여 경찰에 고발당한 것이었다. 그 나머지 이야기는 평소에 그들 부자가 자랑삼아 하던 말에 다른 말을 덧보태 꾸며 낸 것이었다.

뜻대로 일을 끝낸 하시모토는 느긋하게 술을 마시며 자기 마음대로 주무를 새 면장으로 누가 마땅할지 생각하고 있었다. 죽산면을 다 차지할 날도 머지않았다는 뿌듯함과 함께.

한편 백종두는 원평천 하구의 질펀한 갈대밭에 둑을 쌓아 논을 만들 꿈에 부풀어 있었다. 바다에 가까운 개천 양쪽으로 펼쳐진 갈대밭은 임자 없이 버려진 땅이었다. 아니, 정확히 말하면 나라가 임자였다. 그러나 나라에서도 바닷물에 절어 갈대만 무성한 그런 쓸모없는 땅은 없는 것으로 취급했다. 총독부의 토지조사사업에서도 그 땅은 소홀하게 넘어갔다.

백종두는 그 허술함을 이용해 농토를 넓힐 꿍꿍이속을 차렸다. 면장의 권한이면 그런 무관심한 국유지는 얼마든지 사유지로 바꿀 수 있었다. 특히 그 갈대밭에 눈독을 들인 것은 넓이도 넓을 뿐 아니라 둑을 쌓기도 손쉽기 때문이었다.

둑 쌓는 비용이 꽤 들 테지만 일반 논값에 비하면 수만 평의 논이 거저 생기는 것이나 마찬가지였다. 백종두는 그동안 하시모토 때문에 억눌렀던 땅 욕심을 그것으로 채울 작정이었다.

그러나 백종두는 자신의 실수를 까맣게 모르고 있었다. 토지조사국 다나카를 자기편이라고 찰떡같이 믿고 있었던 것이다. 그런데 다나카는 그 계획을 고스란히 하시모토에게 알려 주고 말았다.

아무리 면장이라도 국유지를 사유지로 바꾸려면 토지조사국 조사원 다나카의 도움이 반드시 필요했다. 그래서 다나카에게 돈을 두둑하게 쥐여 주었던 것이다.

개간 사업을 추진할 계획에 몰두해 있던 백종두는 전주부청에서 걸려 온 전화를 받았다.

"아 여보세요, 백종두 면장입니까? 여긴 전주부청 총무괍니다."

"아 예, 죽산면장 백종둡니다."

"긴급 인사 조치를 알립니다. 오늘부로 당신을 죽산면장에서 면직합니다."

"예에?"

"긴급 인사 조치라 전화로 알리는 것이고, 공문은 곧 송달될 것이오."

"여보세요, 아니 여보세요, 이게 무슨 일입니까! 여보세요, 여보세요……."

전화는 이미 끊어져 있었다. 백종두는 얼굴이 굳어 비실비실 쓰러졌다.

'아니여, 내가 얼마나 충신 노릇을 잘혔는디. 뭔가 잘못된 것이여. 하먼, 잘못된 것이고말고.'

백종두는 쓰지무라를 떠올렸다. 쓰지무라를 만나기만 하면 면직 사유를 금방 알 수 있을 테고, 일을 되돌릴 수도 있을 거였다. 백종두는 급히 몸을 일으켰다.

사무실을 나선 백종두는 그만 난감해졌다. 군산으로 타고 갈 게 없었다. 해가 반나마 기울었는데 군산에 인력거를 보내라고 연락할 수도 없었다. 인력거가 오고가다 보면 군산에는 밤중에나 닿을 것이었다. 그러면 쓰지무라는 퇴근하고 없을 터였다. 안 될 일이었다. 오늘부로 면직이라고 했으니 오늘부로 뒤엎어야만 했다.

'무슨 수가 없을까…….'

백종두가 초조하게 두리번거리는데 마침 말발굽 소리가 들려왔다.

"그려, 저것이여!"

백종두의 얼굴이 환해졌다.

"하시모토 상! 하시모토 상!"

백종두는 목청껏 외치며 면사무소를 뛰쳐나갔다.

저만치 앞에서 뛰고 있던 말이 멈추었다.

"하, 하시모토 상, 나, 나를 군산에, 구, 군산에 좀……."

달음박질쳐 온 백종두가 숨이 가빠 손으로 가슴을 누른 채 말했다.

"무슨 일이오?"

"그, 급한 일이 좀 생겼소. 부청에…… 부청까지 좀 데려다 주시오."

백종두의 숨 가쁜 소리는 애원이나 다름없었다.

"그랬으면 좋겠는데 나도 급히 어딜 가던 참이오."

하시모토는 냉정하게 말하며 말을 돌려세웠다.

"하시모토 상!"

백종두는 울부짖듯 하며 말을 붙들려고 했다. 그러나 엉덩이에 채찍을 맞은 말은 땅을 박차며 뛰기 시작했다.

"저, 저런 배은망덕헌 놈이……."

백종두는 멀어지는 하시모토를 증오에 찬 눈으로 노려보며 분노를 내뿜었다.

백종두는 겨우 지나가는 빈 달구지를 붙들어 세워 군산으로 갔다.

"과, 과장님 크, 큰일났습니다."

쓰지무라의 사무실로 뛰어든 백종두는 인사를 차릴 겨를도 없이 더듬거렸다.

"아니, 백 면장. 이게 무슨 짓이오!"

쓰지무라는 불쾌한 얼굴로 백종두를 쏘아보았다.

"죄, 죄송합니다, 제가 너무 급해서 그만……."

백종두는 뒤늦게 쓰지무라 앞에 고개를 깊이 숙였다.

"당장 목이 달아나더라도 절도와 품위를 지키는 것이 대일본제국의 관리라는 걸 모르오?"

"예, 죄송하게 됐습니다. 다시는 실수 안 하겠습니다."

백종두는 머리를 조아리며 진땀을 삐질삐질 흘렸다.

"급한 일이라는 게 뭐요?"

쓰지무라는 의자 뒤로 몸을 젖혔다.

"아까 전주부청에서 밑도 끝도 없이 오늘부로 면직시킨다는 전화를 받았습니다. 제가 뭘 잘못했습니까? 제가 그동안 얼마나 성심껏 일했는지는 잘 아시지 않습니까?"

"글쎄, 아무 잘못도 없는데 상부에서 그런 인사 조치를 할 까닭이 있겠소?"

쓰지무라의 책상 앞에 두 손을 모아 잡고 선 백종두는 잘못을 저지른 죄인 꼴이었다.

"저는 잘못한 일이 없습니다. 무슨 일인지 좀 알아봐 주시고, 저를 살려 주십시오. 저를 살려 주실 분은 과장님밖에 안 계십니다. 그 은혜 평생토록 갚겠습니다."

허리를 굽실거리는 백종두의 목소리는 울음이 섞인 듯 떨렸다.

"뭐, 내가 무슨 힘이 있소? 하여튼 알아보도록 합시다."

쓰지무라는 창 쪽으로 고개를 돌렸다.

"과장님, 고맙습니다. 당장 좀 면직을 취소시켜 주십시오."

백종두는 곧 전화기라도 돌릴 기세였다.

"백 면장! 인사 조치가 무슨 어린애 장난인 줄 아시오? 총독 각하라도 맘대로 되는 게 아니란 말이오. 내가 알아볼 테니 돌아가 기다리시오."

쓰지무라는 냉정하게 백종두를 쏘아보며 의자에서 벌떡 몸을 일으켰다.

"아, 예, 제가 그만 마음이 급해서……."

일그러진 얼굴에 억지웃음을 피워 내고 있는 백종두의 얼굴은 참담하기 그지없었다.

부청을 나선 백종두는 문득 하시모토가 떠올랐다. 하시모토를 내세우면 쓰지무라가 더 열성으로 나서 줄 것이 틀림없었다. 어서 하시모토를 만나야 했다.

백종두는 지나가는 인력거를 세워 자리에 앉으며 긴 한숨을 토했다.

그는 요즘 있었던 일들을 이것저것 되짚어 따져 보았다. 하지만 아무리 생각해도 면직당할 만큼 잘못한 일은 없었다. 어떤 놈이 내 자리를 노리고 모함을 한 것인가! 뒤늦게 떠오른 이 생각에 그는 순간적으로 증오가 불기둥처럼 솟구쳤다.

백종두는 곧바로 하시모토를 찾아갔다. 하시모토는 저녁밥상을 받고 있었다.

"백 상, 오늘부로 면직당했다면서요?"

그 말에 백종두는 그만 까무러칠 뻔했다. 호칭도 백 면장이 아니라 '백 상'이었다.

"아니, 그걸 어찌 아시오?"

백종두는 하시모토를 노려보았다.

"소문 쫙 퍼졌소. 면사무소 직원들이 내일 새 면장 맞을 준비를 하느라 정신없이 바쁘던데."

"아니, 그놈들이 그걸 어찌 알았나……."

어리둥절해진 백종두는 헛소리하듯 하고 있었다.

"눈치 빠른 백 상이 어찌 그리 둔하시오? 부청에서 백 상한테만 전화를 건 줄 아시오? 직원들한테도 알렸단 말이오. 면장 자리를 하루도 비워 둘 수 없지 않소?"

하시모토는 비아냥거리고 있었다.

"대체 새로 오는 놈이 누구요?"

"그야 난들 알겠소."

"하시모토 상, 내 부탁 하나 들어주시오. 쓰지무라 과장님께서 날 도와주시겠다고 하셨는데, 하시모토 상이 다시 한 번 과장님한테 부탁 좀 해 주시오. 뭐, 내 입으로 할 말은 아니지만 그동안 나도 하시모토 상을 백방으로 돕지 않았소?"

하시모토의 눈치를 살피며 조심스럽게 말하는 백종두의 모습은 더없이 초라하고 비굴해 보였다.

"아, 그래요? 쓰지무라 과장님께서 도와주신답니까?"

"그럼요, 발 벗고 나서서 일을 제자리로 되돌려 주시겠다고 하셨소."

백종두는 하시모토의 도움을 받을 욕심에 매달려 엉뚱한 말을 지어냈다.

"과장님이 그렇게 말씀하셨으면 내가 나서나 마나요. 맘 푹 놓고 기다리기만 하면 되겠소."

백종두는 정신이 번쩍 들었다. 마음이 급해 그만 발등 찍는 말을 한 것이었다.

"아, 아니오. 과장님께서 그리 말씀하셨더라도 하시모토 상이 한 번 더 부탁하면 마음을 더 쓰실 것 아니겠소? 나 좀 살려 주시오. 그 은혜 평생 갚겠소."

백종두는 당황해서 허둥거리듯 말했다.

"그래요, 나도 백 상 덕을 많이 봤지요. 그 고마움을 갚아야 하니까 과장님한테 부탁을 드리겠소. 고단해 뵈는데 가서 쉬시오. 내가 바로 연락할 테니."

하시모토는 친근한 웃음을 지어 보였다.

"고맙소, 정말로 고맙소. 그럼 하시모토 상만 믿고 가겠소."

백종두는 가슴이 약간 뚫리는 기분으로 하시모토의 집에서 나왔다.

이튿날 아침 백종두는 옷을 갈아입고서도 출근하지 않고 방에 앉아 있었다. 새 면장 놈의 목을 비틀기 전에 자신에게 쏟아질 사람들의 눈길이 두려웠다.

백종두는 시간이 흐르기를 기다렸다. 쓰지무라에게 전화를 거는 것이 급했다.

백종두는 10시가 되자마자 전화기의 손잡이를 부리나케 돌렸다.

"백 면장, 아니 백 상, 그게 무슨 못된 짓이오? 총독부 재산인 국유지를 착복하려 들다니. 감옥에 갇히지 않고 면직으로 끝난 것을 다행으로 아시오."

'아니, 다나카 그놈이!'

백종두는 수화기를 떨어뜨리며 픽 쓰러졌다.

12

떠도는 구름

개울가의 느티나무는 잎이 무성한 만큼 그늘도 짙었다.

"이눔아, 저 물에 낯 좀 씻거라. 아무리 거렁뱅이라고 땟국물이 질질 흘러서야 쓰겄냐?"

남루한 차림의 남자가 아름드리나무에 기대앉은 거지 차림의 아이에게 말했다.

"아이고 참, 아까부터 자꾸 거렁뱅이, 거렁뱅이 허는디, 나는 거렁뱅이가 아니라 우리 동생 잡아간 도적놈을 찾으러 댕기요."

똑똑히 알고나 말하라는 듯 아이가 조그만 턱을 치켜들며 입을 씰룩댔다.

"무슨 소리다냐? 느그 엄니 아버지는 어찌 되고?"

남자는 웃음기 가신 얼굴로 아이를 바라보았다. 아이는 슬픈 얼굴이 되어 고개를 떨구었다.

"누가 느그 동생을 잡어갔단 것이냐? 어디 세세히 애기혀 봐라."

아이는 도리질을 했다.

"이눔아, 소문을 내야 사람을 쉽게 찾는 것이여. 나도 마누라 찾으러 천지 사방을 안 다닌 데가 없응게 니 일에 도움이 될지도 모른단 말이여."

아이의 고개가 번쩍 들렸다.

"아저씨 각시도 누가 잡아갔는게라? 아그도 아닌 어른이 어찌 잡혀 가고 그런당가요?"

"요놈 보소. 지 얘기 허랑게 내 얘기 살살 풀어낼라 그러네. 이눔아, 얼렁 니 애기부터 혀."

"아저씨, 천지 사방 다 돌아댕겼으면 놀이 패도 많이 만났제라?"

"그려, 뜬구름처럼 떠도는 놀이 패도 만나고 소리 패도 만나고 거렁뱅이 패도 만났제."

"그럼 놀이 패에 잡혀 다니면서 소리 기막히게 잘허는 쬐깐헌 가시네 못 봤는게라? 나이가 일곱 살, 아니 설 쇠었응게 여덟 살이고, 눈 옆 여기에 꺼먼 점이 찍혔는디요."

아이는 손가락으로 오른쪽 관자놀이께를 짚어 보였다.

"소리를 잘허는 여덟 살 먹은 점백이 가시네……?"

남자는 고개를 갸웃거리다가는, "놀이 패 따라댕기면서 소리허는 가시네들은 많이 봤어도 어린 가시네를 본 적은 없는디 어쩔 거나?" 하며 안쓰러워하는 얼굴로 아이를 건너다보았다.

먼 하늘로 눈길을 돌리는 남자아이의 눈에 눈물이 글썽했다.

"아가, 서러워 말어라. 맘만 단단히 먹으면 언제고 만나게 될 것잉게."

남자가 아이를 달래듯 말했다. 아이는 땟국이 흐르는 손등으로 눈을 씩 문질렀다.

"느그 엄니 아부지는 어찌 되았냐?"

아이는 아무 반응이 없었다.

"없다냐?"

아이는 풀잎을 뜯으며 보일 듯 말 듯 고개를 끄덕였다.

"돌림병이라도 앓았다냐?"

"아부지는 왜놈들이 총으로 쏴 죽이고, 엄니는 미쳐서 죽었구만이라우."

아이의 빠른 말이었다.

"뭣이여? 무슨 죄를 졌간디?"

남자의 눈이 휘둥그레졌다.

"죄진 것 하나도 없어라. 즈그가 우리 땅 뺏어서 우리 아부지가 지주총대 놈을 패대기친 것뿐이지라. 우리 아부지가 얼마나 맘씨

좋고 육자배기 타령도 잘헌다고요."

남자는 마침내 아이의 집안에 무슨 일이 벌어졌는지 알아차렸다. 땅을 되찾으려다가 신세를 망친 자신과 너무나 똑같았다.

"그려, 땅을 찾으려다 총질을 당했으면 느그 아부지는 아무 죄도 없고말고."

"그렇제라? 우리 아부지는 아무 죄진 것이 없제라?"

아이는 금세 얼굴이 밝아졌다.

"하먼, 땅을 뺏기고도 겁나서 찍소리 못허는 사람들에 비허면 느그 아부지는 장헌 사람이고말고."

남자는 고개를 끄덕이며 부드러운 눈길로 아이를 바라보았다.

"참말로 우리 아부지가 장헌게라?"

아이의 눈에 생기가 돌았다.

"하먼, 왜놈들허고 싸우는 것은 세상에서 가장 장헌 일이여."

아이는 아버지가 억울하게 죽었다고 생각했을 뿐, 장하다고 생각해 본 적은 없었다. 그런데 낯선 아저씨의 말을 듣고 보니 정말 아버지가 장하다는 생각이 들기도 했다.

"참, 니 이름이 뭐냐?"

"야아, 득본디요, 차득보."

아이는 친근한 웃음을 지으며 이름을 댔다.

"……어린 니가 무슨 죄냐? 왜놈 등쌀에 부모 잃고 동생까지 생이별 혔으니…….”

남자가 한숨을 푹 쉬었다.

“긍게로 나중에 커서 왜놈들헌티 원수 갚을랑마요.”

아이는 또랑한 소리로 야무지게 말했다.

“하이고, 작은 꼬추가 맵네!”

놀란 듯 말하는 남자의 얼굴에 정겨운 웃음이 피어났다.

“아저씨 각시도 왜놈이 잡아갔는게라?”

이제 당신이 이야기할 차례라는 듯 아이가 물었다.

“그려, 이 아저씨도 왜놈들헌티 땅도 뺏기고 각시도 뺏기고 요 꼬라지 되야 부렀다.”

남자는 이렇게 얼버무렸다. 마누라가 도망갔다는 것보다는 한결 나은 말이었다.

“왜놈들이 어째서 땅을 뺏고 아짐씨까지 잡아갔당게라?”

“모르제. 그놈들…… 즈그 맘대로 허는…….”

남자는 숨이 가빠지는 것 같더니 기침을 했다. 도망간 마누라를 생각하면 으레 기침이 터져 나왔다.

남자는 땅을 빼앗기고 나서 마을 사람들과 함께 항의에 나섰다가 주재소로 끌려가 심한 매타작을 당했다. 그 바람에 몸이 못 쓰게 망가져 버렸다. 땅도 빼앗기고 몸까지 망친 남자는 그 분풀이를 마누라에게 했다. 걸핏하면 살림을 부수고 사정없이 아내를 팼다.

마누라의 얼굴과 몸에는 멍 자국이 가실 날이 없었다. 참다 못한 아내는 집을 나가 버리고 말았다.

몸을 오그린 남자는 가까스로 기침을 잡고 있었다.

"아저씨, 요거……. 기침 더 못 나오게 얼렁 마시씨요."

득보가 물이 가득 담긴 바가지를 내밀었다.

"그려, 그려, 고맙구먼……."

남자는 물을 마시기 시작했다.

"휴우…… 물맛이 영판 달다."

남자가 긴 숨을 내쉬며 득보를 보고 밝게 웃었다.

"아저씨…… 어디가 많이 아프신게라우?"

득보는 마주 웃지 못하고 찡그린 얼굴로 물었다.

"아니여, 그저 쬐깨 아픈 것이여."

남자는 이마에 내밴 땀을 손등으로 문지르며 고개를 저었다.

"아저씨는 인제 어디로 가신당가요?"

득보는 미심쩍어하는 얼굴로 기울어진 해를 올려다보았다.

"인제 가야 되는갑제? 그려, 가거라. 나는 저쪽으로 갈란다."

남자는 득보가 서 있는 반대쪽을 가리켰다.

"그럼 가 볼랑마요."

"그려, 너 만나서 재미지게 잘 쉬었다. 몸 아프지 말고 동생 꼭

찾도록 혀라. 놀이 패들은 큰 동네를 돌아댕긴다는 것 잊지 말고."

"야아, 아저씨도 각시 꼭 찾으씨요."

득보는 꾸벅 절을 하고는 돌아섰다.

남자는 팔을 뻗치며 아이를 부르려다 말았다. 마음뿐이지 수중에는 땡전 한 닢이 없었던 것이다.

바가지를 허리춤에 찬 아이는 햇볕 속으로 멀어지고 있었다. 남자는 몸을 뒤로 눕혔다. 고향은 아직 200리가 더 남아 있었다. 이틀이면 갈 그 길이 까마득하게만 느껴졌다.

땅을 빼앗길 때만 해도, 아니 주재소에서 매타작을 당할 때만 해도 자신의 신세가 이 지경이 될 줄은 상상도 못했다. 아내에게 분풀이만 하지 않았어도 아내는 도망가지 않았을 것이다. 그러나 땅 뺏기고 몸까지 망가지자 눈앞에 보이는 게 없었다.

남자는 온몸에 맥이 빠져 눈을 감았다. 아내의 얼굴이 선하게 떠올랐다.

"어이 남 샌, 남 샌 있능가!"

하봉수는 절름거리는 다리로 남상명네 마당으로 뛰어들며 다급하게 소리쳤다.

"칙간에 있는디요. 또 무슨 일 났는게라?"

남상명의 아내가 불안한 얼굴로 대답했다.

"어이 남 샌, 용철이가 당산나무 아래 와서 죽어 있네."

하봉수가 냅다 쏴 질렀다.

"뭣이라고? 용철이!"

뒷간에서 터져 나온 외침이었다.

"고것이 무슨 뜬금없는 소리당가? 얼렁 가 보드라고, 얼렁."

남상명은 바지를 추켜올리며 허둥지둥 뒷간에서 나왔다.

"어쩔거나. 끝내 마누라는 못 찾고 동네 찾아들어 죽었는갑네……."

남상명의 아내는 다급하게 사립을 벗어나는 남편과 하봉수를 바라보며 울음 번진 소리로 중얼거렸다.

당산나무 아래에는 안개가 자욱했다.

한 남자가 당산나무에 기대 잠들어 있었다. 안개에 몸이 반쯤 가려진 남자는 흡사 구름에 둥실 실려 있는 신령이나 도인 같은 모습이었다.

"용철이가 맞네그려. 얼굴이 많이 상허기는 혔어도……."

남상명은 만져 보지 않고도 진작 숨이 끊어졌다는 것을 알 수 있었다. 그의 몸에서 죽은 사람한테서 끼쳐오는 섬뜩한 냉기가 느껴졌다.

"빌어먹을, 땅도 못 찾으면서 그놈의 일로 줄초상 나네 그려."

하봉수가 침을 내뱉었다.

"왜놈들이 원체 독허게 해 대니 요런 변고가 끝도 없는 것이제."

"날도 더운디 오래 끌 것 없제?"

"하먼, 무슨 병을 앓았는지도 모르는디, 오늘 안으로 일을 끝내야제."

"건식이는 빼야 하는 것 아니라고?"

"하먼, 상 당헌 지가 엊그젠디."

하봉수가 말한 줄초상이란 감옥살이하던 박병진의 초상을 며칠 전에 치른 것을 두고 하는 말이었다. 박병진은 속병을 얻어 끝내 감옥에서 숨을 거두고 말았다.

남상명은 몇 사람을 불러 김용철의 시신을 거두었다. 그리고 집집마다 곡식이며 돈푼을 추렴했다. 장례를 간소하게 치른다 해도 싸구려 관에 거친 삼베옷 한 벌은 갖추어야 했다.

한편, 박건식은 사람들이 말렸지만 굳이 장례 일에 나섰다.

"무슨 소리다요? 딴사람도 아니고 김 샌 장렌디, 내가 안 나서면 아부님이 노허실 것잉마요. 아부님은 그 일에 나선 사람들끼리 한 덩어리가 되라고 항시 당부허셨응게요."

박건식의 말에 사람들은 더 말릴 수가 없었다.

박병진의 죽음은 외리 사람들은 물론이고 내촌 사람들에게도 충격이었다. 그들은 언제 끝날지 모르는 토지 심사 결과를 기다리며 박병진이 나오기만을 기다리고 있던 참이었다. 박병진이 갇히고 나니 땅을 되찾는 일은 거의 중단되고 말았다. 그들 중에는 토지조사국에 드나들며 토지 심사를 독촉하고 항의할 만한 사람이 없었다. 학식이 없는 데다 담력도 없었던 것이다.

"10년이 가고 20년이 가도 땅은 끝까지 찾어야 써. 그 땅은 조상 대대로 물려받은 것이고 자손 대대로 물려줘야 헐 것잉게. 어렵다고 포기하면 조상허고 자손헌티 곱쟁이로 죄짓는 것이여."

박건식이 전한 박병진의 유언이었다. 사람들은 그 말을 가슴에 새기며 장례를 치렀다.

김용철의 장례 채비는 오래 걸리지 않았다. 몇 사람이 읍내에 나가 송판으로 얽어 짠 볼품없는 관을 사 오는 동안 다른 남자들은 묘를 팠고, 여자들은 수의를 짓고 간소한 제물을 장만했다.

점심 무렵, 당산나무 아래서 발인제를 올렸다. 아이들까지 마을 사람들이 모두 모였다. 빠진 사람은 지주총대를 겸한 이장 한 사람이었다.

관은 상여가 아니라 들것에 실려 당산나무 그늘을 벗어났다. 곡하는 사람은 없었다. 상엿소리도 울리지 않았다. 남자들은 묵묵히 관을 들고 걸었다. 여자들과 아이들은 당산나무 아래서 그 쓸쓸하고 초라한 장례 행렬을 바라보고 있었다.

남상명은 저녁밥을 먹자마자 마당에 덕석을 깔고 모깃불을 지폈다. 마을 남자들을 집으로 부른 것이었다. 뜻하지 않은 장례로 마음이 울적해서만은 아니었다. 모두 모여 앉아 결정지을 것이 있기도 했다.

어둑어둑해지면서 사람들이 덕석에 둘러앉기 시작했다.

"자, 한 잔씩 돌리면서 더위 풀드라고."

남상명이 술동이를 덕석 가운데에 놓았다. 뒤따라온 딸이 김치와 풋고추 사발을 올린 개다리소반을 술동이 옆에 얌전하게 놓았다.

그들은 나이 순서대로 쪽박을 돌렸다.

"모여 앉은 김에 한 가지 의논헐 것이 있는디요."

남상명이 사람들을 둘러보았다. 그들은 제각기 앉음새를 고쳐 앉았다.

"땅을 되찾자면 대표를 뽑아야겠다 그 말이오. 대표는 문서를

볼 줄도 꾸밀 줄도 알어야 허고, 토지조사국에 드나들면서 따지고 싸울 말재주에 배포도 있어야 허요. 한마디로 무식해서는 안 된다 그것이오. 근디 우리들 중에 한문도 깨치고 말재주도 좋은 사람이 있소. 바로 건식인디, 박건식이를 대표로 뽑으면 어쩌겄소?"

"고것이 무슨 소리다요? 나는 나이가 맨 밑인디. 남 샌이 그냥 대표를 맡으씨요. 나는 시키는 일을 헐 것인게요."

박건식이 펄쩍 뛰었다.

"더 말허고 자시고 헐 것 뭐 있소? 건식이를 대표로 뽑읍시다. 한문이야 날 일 자에 사람 인 자나 겨우 알아보는 우리에 비허면 건식이야 공자님 맹자님잉게."

하봉수가 바람을 잡고 나섰다.

"그럽시다, 박건식이로 정헙시다."

"그려, 박 샌이 남긴 한을 아들이 푸는 것이 얼마나 좋소?"

사람들은 돌아가면서 동의를 표했다.

"다들 그리 생각헝게 박건식이를 대표로 정허겄소. 오늘부터 박건식이 대표요."

남상명이 손뼉을 쳤고 다른 사람들도 따라서 손뼉을 쳤다.

박건식은 갑작스럽게 안겨진 대표가 싫지만은 않았다. 아버지의 유언을 더욱 충실하게 지켜 나갈 수 있게 된 때문이었다.

"근디, 우리들 역둔토 심사라는 것은 언제나 끝난다는 것이여?"

"이 사람아, 그 잘난 토지조사사업이 끝난 다음이랑게 기다려."

"긍게 그놈의 토지조사사업이 언제 끝나냔 말이여?"

"그놈들이 일부러 사람들 진이 빠질 때까지 심사를 미룰 거라는 소문도 안 있드라고?"

"맞구만요. 그럴수록 우리는 맘 강단지게 먹고 버텅겨야 헌당게요. 우리 아부지 유언도 왜놈들 그런 심보를 말씀허신 것 아니겄는게라우. 자식들을 생각혀서라도 맘들 짱짱허니 먹어야 된단게요."

박건식의 단호한 말이었다.

"어허, 우리 젊은 대표가 오지게 한마디 혔다. 그려, 대창맨치로 꼿꼿허고 창창하게 버티는 것이여. 즈그가 무슨 지랄을 혀도 이 땅 쥔은 우리들잉께로."

하봉수가 힘 뻗치는 목소리로 모두의 기분을 북돋우려 했다.

"참 별도 오지게 많네. 용철이는 좋은 세상으로 갔는지 모르겄다."

누군가 하늘을 올려다보며 말했다.

"모르제, 구만리장천을 떠도는지도."

13

두 개의 덫

해가 군산 앞바다에 붉은 물을 드리우면서 부두의 하루 일도 마감되고 있었다. 부두의 날품팔이들은 빈 지게를 걸머지고 하나 둘씩 무거운 발걸음을 옮겨 놓기 시작했다.

서무룡은 어느 지게꾼의 뒤를 멀찍이서 밟고 있었다.

'저놈이 의병질 해 먹던 놈인지도 모르제. 말을 아주 톡톡 쏘는 것이 꽤나 똑똑허든디. 저런 놈은 삭신이 노골노골해지게 맛을 봬야 못된 버르장머리를 고칠 것이여.'

지게꾼은 역전을 지나고 변두리로 접어들어서도 한참을 걸었다. 가난한 사람들이 사는 움막 동네로 가는 길이었다.

서무룡은 지게꾼이 들어간 움막을 확인하고 돌아섰다. 그는 역

앞에 이르러 보고를 하러 갈까 어쩔까 망설였다. 그러나 집을 알아 두었으니 서두를 건 없었다. 그는 더 급한 자기 일부터 보기로 했다.

서무룡은 군산역을 바라보았다. 평양역과 똑같이 생겼다는 그 건물은 언제 보아도 멋졌다. 저렇게 멋진 건물에서 테 둥근 모자를 쓰고 활개 치는 역원이 되고 싶다는 생각이 문득 스쳐 갔다. 그러나 그건 이룰 수 없는 꿈이었다. 역원들 가운데 조선 사람은 하나도 없었다. 조선 사람은 있어 봐야 심부름꾼들뿐이었다.

"네가 언제까지 이런 일만 하는 건 아니야. 공을 세우면 순사든 헌병이든 시켜 줄 테니 열성으로 하라구."

서무룡은 역원이 되고 싶다는 생각을 이내 지웠다. 역원보다 순사나 헌병이 훨씬 나은 것은 더 말할 나위도 없었다.

역 마당 양쪽으로 상점이 즐비하게 늘어서 있었다. 서무룡은 과자점에 들어가 과자며 사탕을 푸짐하게 샀다. 어른 것도 사고 싶었지만 마땅히 떠오르는 게 없었다. 옷감을 떠다 줄까? 그러나 좋아할 것 같지 않았다. 너무 속 보이지 말고 고기나 사 가자고 마음을 정했다.

쇠고기를 산 서무룡은 발길을 서둘렀다. 저녁밥을 하기 전에 가서 쇠고기를 해 먹을 수 있게 하려는 것이었다. 그리고 뭉그적거리다가 밥을 얻어먹어 볼까 하는 속셈도 없지 않았다.

밥을 얻어먹을 생각을 하자 또 가슴이 두근거렸다. 달콤한 것 같기도 하고 향긋한 것 같기도 한 두근거림은 수국이 때와 똑같았다.

서무룡이는 수국이를 놓고 두 가지 작심을 했었다. 무슨 일이 있어도 각시를 삼는다는 것과 뼈가 녹아내리도록 일을 해서 호강시킨다는 것이었다. 그런데 느닷없이 수국이네 식구들은 자취를 감춰 버렸고, 그때의 기막힌 심정은 말로 할 수가 없었다. 하늘이 내려앉고 땅이 꺼진다는 말이 무슨 말인지 알 것 같았다.

"손 샌, 어디로 갔는지 제발 일러 주씨요. 나 미치고 폴딱폴딱 뛰다 죽겄소."

가슴을 치면서 손판석에게 매달려 보았다.

"이 사람아, 나도 소식 오기를 기다리는 판잉게 기다려. 자네 맘이 그리 뜨끈뜨끈허면 꼭 다시 만나질 것이여."

손판석의 이 말을 믿었다. 손판석 옆에 붙어 있으면 수국이네와 언젠가 소식이 닿을 것이 분명했다. 몸 성한 사람도 하늘의 별 따기인 십장 자리를 불구인 손판석에게 돌아가게 하려고 몸살을 댄 것도 그 때문이었다.

수국이 소식은 감감한 채로 날이 가고 해가 바뀌었다. 수국이에 대한 그리움은 절절히 남아 있었지만 미칠 것 같은 심정은 차츰 가라앉고 있었다.

그러던 어느 날 손판석이 관리하는 창고에서 수국이와 마주쳤다. 소스라쳐 놀라 이름을 불렀다. 그러나 얼굴을 바로 돌린 여자는 수국이가 아니라 수국이와 많이 닮은 여자였다.

"그려, 수국이 큰언니 보름이여. 오갈 데가 없어 날 찾어왔는디 어쩌겄어?"

손판석의 무덤덤한 대답이었다.

"수국이는 어디 산다등게라?"

자신도 모르게 나온 말이었다.

"이 사람아, 수국이가 어디 사는지 알면 그리로 찾어갔제 날 찾아왔겄능가?"

그 말에 더는 할 말이 없었다.

그런데 일은 또 벌어졌다. 수국이를 보고 싶어 미칠 것 같던 마음이 되살아난 것이었다.

서무룡은 하루에도 두세 번씩 손판석네 창고로 걸음하게 되었다. 손판석의 눈치가 보여 그러지 않으려 했지만 발걸음이 저도 모르게 그쪽으로 갔다.

얼굴이 익으면서 그 여자는 살포시 눈인사를 짓고는 했다. 수국이 같으면서도 수국이 같지 않은 그 모습에 가슴이 울렁거렸다. 옆모습은 영락없이 수국이인데 똑바로 보면 수국이와는 또 다른 모습이었다.

그러나 한 달이 넘도록 말 한마디 걸지 못했다. 수국이에게 그랬던 것처럼 말을 걸려고 하면 가슴부터 벌떡거리면서 입이 얼어붙어 버렸다.

손판석이 야속했다. 그렇게 날마다 뻔질나게 창고를 드나들면 장승도 낌새를 차릴 판이었다. 그런데 손판석은 아무런 눈치도 보이지 않았다.

"손 샌, 내가 새앙쥐도 아니고 날마다 여기 창고에 오는 것이 요상허지 않소?"

참다 못해 어느 날 자신이 먼저 말을 꺼내고 말했다.

"뭣이 요상혀? 수국이 보고 싶은 맘 보름이 보면서 달래는 것 아니여?"

손판석은 무덤덤하게 말했다.

"근디 어째 여지껏 모른 척허고 있었소?"

"알은 척헐 일이 따로 있제. 남 애간장 타는 일인디."

"손 샌, 나 중매 좀 서 주씨요."

"뭣이여? 누구허고?"

"누구는 누구겄소, 보름이제."

"아니, 자네 넋 나갔능가? 자네는 총각이고 보름이는 애기까지 딸린 과부여."

"내가 좋다는디 그게 무슨 상관 있다요? 얼렁 중매나 서씨요."

"이 사람, 순 억지시. 자네허고 나이도 택도 없이 차이난단 말이시."

"다섯 살 차인디, 고것이 뭣이 많으요?"

"자네 맘은 알겄는디, 보름이가 시아부님 상 당헌 지 얼마 안 되았네. 재가헐 맘이 있다 혀도 시아부님 3년상 전에야 안 되는 것 아니냐 말이시. 뜸 안 든 밥 못 먹는 것잉게 기다리소. 나도 옆에서 거들 것잉게."

손판석의 이 말에 참을 수밖에 다른 방도가 없었다.

서너 달이 지나면서 보름이와 한두 마디씩 말을 트기 시작했다. 그때부터 아들 삼봉이에게 과자를 내밀었다. 보름이가 받지 않으려고 할수록 점잖게 처신하는 것도 잊지 않았다.

그런데 손판석은 서무룡이를 도와주기는커녕 오히려 방해하고 들었다.

"나도 모른 척 지내네만 실은 그놈이 앞잡이시. 사람이 생각이 짧고 주먹이 앞서는 것이 탈이기는 해도 인정도 있고 사내답기도 허제. 근디 언제부터 왜놈들 앞잡이 놀이를 시작혔는지 모를 일이시."

손판석은 보름이에게 귀띔했다.

"거기 더 못 다니겄구만이라."

어쩰 줄 몰라 하며 보름이가 내놓은 말이었다. 손판석이 예상

한 대로였다.

"구데기 무서워 장 못 담그간디? 그리고 그만두면 그놈이 맘 더 급해 무슨 일 저지를지 모릉게 그냥 다니는 것이 더 낫겄구만. 내가 옆에 있응게 아무 걱정 말고."

"야아, 알겄구만이라."

보름이는 떨리는 손으로 잠든 아들의 손을 감싸며 대답할 수밖에 없었다.

서무룡이가 앞잡이라는 것도, 자신에게 딴마음을 품고 있다는 것도 뒷전이었다. 자신에게는 그저 아들의 앞날이 소중할 뿐이었다.

서무룡은 보름이네 집이 가까워 오자 또 가슴이 두근거렸다. 오늘은 그 말을 해야 할 텐데 하는 생각 때문이었다.

'당신헌티 장가들고 싶소. 내 각시가 되야 주씨요. 당신 없이는 못 살겄소. 우리 한집에 삽시다. 내가 삼봉이 아부지 노릇 허고 싶소.'

보름이를 만나기 전에는 다 그럴듯한 말이었다. 그러나 보름이 앞에서는 하나같이 어색하고 쑥스러워 어느 것 하나 입에 올릴 수 없었다.

서무룡은 토담 너머로 집 안을 둘러보았다. 삼봉이가 어떤 아이와 흙장난을 하고 있었다. 삼봉이가 집에 있다는 것은 보름이

가 일을 끝내고 돌아왔다는 표시였다. 보름이는 아들을 손판석이네에 맡기고 일을 나갔다가 저녁때 데려오고 있었다.

"삼봉아, 아저씨가 과자 사 왔다."

서무룡은 정다운 웃음을 지으며 아이 앞에 봉지를 쑥 내밀었다.

"와아, 우리 아저씨 최고다."

삼봉이는 신바람 나게 외치며 큼직한 과자 봉지를 받아 안았다. 함께 놀던 아이가 흙 묻은 손가락을 입에 물며 제 동무를 부러운 눈길로 물끄러미 보고 있었다.

"엄니, 아저씨 왔네, 아저씨."

삼봉이는 길 잘 든 심부름꾼처럼 제가 할 일을 먼저 알아서 했다. 서무룡은 올 때마다 과자를 사다 준 효과를 톡톡히 보고 있었다.

보름이가 거적을 쳐 놓은 부엌에서 머릿수건을 벗으며 나왔다.

"저어, 그냥 지나는 길에……."

서무룡은 뒷머리를 긁적이며 멋쩍게 웃었다.

"뭐헐라고 또 과자를……."

보름이의 얼굴에는 냉기가 서려 있었다.

"아그들이야 군입맛을 다셔야 쑥쑥 잘 크제라."

서무룡은 언제나 하는 말을 또 되씹고는, "저, 고기 쬐깨 샀는디요……." 하며 쇠고기 봉지를 내밀었다.

"아니구만이라……."

보름이는 고개를 들지 않은 채 낮고 가느다란 소리로 말했다.

"쬐깨 샀는디, 얼렁 받으씨요."

서무룡은 봉지를 더 내밀었다.

"아니랑게라……. 그리 안 해도 다 먹고산게 그냥 가져가시오."

싸늘하면서도 또렷한 말이었다.

서무룡은 성질이 나서 봉지를 패대기쳐 버리고 싶었다.

'그냥 가져가라니…….'

봉지를 내민 자신의 손이 너무 초라했다. 그러나 어금니를 맞물었다. 여기서 일을 망칠 수는 없었다.

"삼봉아, 요것 고기다."

"이? 고기?"

삼봉이가 눈을 크게 떴다. 어머니를 닮아 잘생긴 얼굴에 웃음이 활짝 피어났다.

"엄니보고 맛나게 해 달라고 혀. 그래야 얼렁얼렁 크제."

"히히, 우리 아저씨가 최고여."

아이는 어깨춤을 추었다. 서무룡이는 이 귀여운 것이 자기 아들이 되어도 좋겠다고 얼핏 생각했다.

"인제 아저씨 갈란다."

서무룡은 아이의 머리를 쓰다듬었다.

"이, 아저씨 또 와."

쇠고기 봉지까지 안은 삼봉이가 인사했다.

서무룡이는 고개를 떨군 채 사립을 나섰다. 아이하고 노는 척 뭉그적거리다가 저녁밥을 얻어먹으려던 욕심은 여지없이 깨지고 말았다.

보름이는 슬픔과 외로움에 휩싸였다. 그 외로움 저편으로 정이 깊어지기도 전에 떠나 버린 남편이 떠올랐다. 남편은 말수가 적은 대신 막일을 절대로 못하게 하거나 무언가를 만들어 주는 것으로 속 깊은 정을 드러내고는 했다. 산골 추위를 막아 주려고 산토끼 털로 모자며 목도리며 토시까지 안 만들어 준 것이 없었다. 내다 팔면 다 돈인데도 남편은 말을 듣지 않았다. 남편은 꼭 여우 목도리를 해 주고 싶어 했다. 그래서 덫을 많이 놓았다. 그러나 남편은 그 언약을 이루지 못한 채 세상을 떠났다. 남편이 정말 의병들의 연락을 도왔는지 어쨌는지 알 수는 없었지만, 왜놈들은 그 죄목으로 남편을 총살했다. 어쩌면 그럴 수도 있었다. 그러나 남편이 죽고 나서도 그 내막을 시아버지에게 묻지 않았다.

남편이 변을 당하지 않았더라면 지금쯤 여우 목도리를 받고, 아이를 둘쯤 더 낳았을지도 몰랐다. 보름이는 목이 메었다. 차라리 무주를 떠나지 말아야 했다는 생각이 또 들었다. 그저 남편과 시아버지의 묘를 지키며 살았다면 이렇듯 난처한 처지에 빠지지는 않았을 것이었다. 서무룡만 해도 견디기 어려운데 그 남자까지 만나게 될 줄은 정말 몰랐다.

보름이는 그 남자의 징글맞은 모습을 생각하지 않으려고 눈을 질끈 감았다. 그러나 으스스한 냉기와 함께 그 남자의 개기름 흐르는 얼굴은 더 뚜렷해졌다.

그날도 일을 마치고 쌀 창고를 나섰다. 쌀 창고를 벗어나면 언제나 발길이 빨라졌다. 속곳 주머니에 쌀이 담긴 탓이었다. 쌀을 훔치는 일은 벌써 몇 달째 하는데도 몸에 익지 않았다. 창고를 나서기만 하면 누군가가 머리채를 잡아끌 것만 같았다.

그런 초조와 불안감에서 벗어나려면 되도록 빨리 부두에서 멀어져야 했다.

보름이는 부두 앞 큰길을 서둘러 건너고 있었다.

“아니, 가만있어라 보자!”

마주 오던 사람이 옆을 지나치려다 말고 걸음을 멈추었다. 보름이는 가슴이 덜컹 내려앉았다. 건너편에서 걸어오는 순사를 얼핏 보고 눈길을 피한 참이었다.

“요것이 누구여? 이, 그 색시가 맞구만그려.”

보름이 앞을 재빨리 가로막는 순사의 목소리에 반가움이 넘쳤다.

보름이는 순사의 얼굴을 보고 그가 누구인지 바로 알아보았다. 그러나 그와 동시에 알은체해서는 안 된다는 생각이 번뜩 스쳤다.

"나 모르겄소, 나?"

순사는 모자를 약간 밀어 올리며 헤벌쭉 웃었다.

보름이는 상대방을 멀뚱하게 바라보았다.

"어허, 세월이 좀 흘렀다고 나를 몰라보면 되겄소? 내가 색시헌티 홀딱 반하고도 워낙 색시 집안에 지은 죄가 있어서 가슴만 끙끙 앓던 장칠문이오. 색시 오빠를 하와이로 보낸 장칠문이란 말이오."

장칠문은 안타까워하며 번드르르 기름기 도는 얼굴을 보름이 앞으로 불쑥 디밀었다.

보름이는 질겁을 하며 물러섰다. 그 살찐 얼굴도 징그러운 데다가 역한 입냄새가 확 풍겨 왔던 것이다. 그러나 뻔뻔스럽게 오빠 이야기까지 꺼냈는데 더 모르는 체하다가는 오히려 엉뚱한 의심을 살 수 있었다.

"야아, 인제 알아보겄구만이라우."

보름이의 목소리는 모깃소리였다.

"오빠 얘기를 헝게 딱 알아보요 이?"

장칠문은 한껏 웃고는, "여기 군산에 사요?" 하고 불쑥 물었다.

"야아, 아니 저어……."

보름이는 뭐라고 대답해야 좋을지 몰라 어물거렸다.

"딱 봉게 부두에 다니는구마."

보름이는 기가 질렸다.

"서방이 없소? 아니면 빙신이오?"

'아니 저놈이 족집게 점쟁인가?'

보름이는 더 기가 질렸다.

부두나 창고에 낙미쓸이를 나선 여자들은 거의가 남편이 없거나, 불구였다. 순사가 그런 것쯤 모를 리 없다는 것을 보름이는 모르고 있었다.

"아 어째 대답이 없소?"

장칠문의 말은 위압적이었다.

"야아, 세상을 떴구만이라."

보름이는 솔직하게 대답하고 싶지는 않았지만 순사옷이 겁나 다르게 꾸며 댈 수가 없었다.

"일허는 데가 부두요, 창고요?"

장칠문이 거침없이 물었다.

"야아, 창고구만이라우."

"여기서 일헌 지 얼마나 되았소?"

"……몇 달 되았구만요."

장칠문은 마치 범인을 취조하듯 했고, 주눅 들어 대답하는 보름이는 범인같이 보였다.

"아그들은 많소?"

장칠문은 보름이 얼굴을 유심히 살피다가 갑자기 생각난 듯 물었다.

"하나구만이라."

"하나? 그러니 아직도 그리 아리아리허니 이쁜 것이제. 흐흐흐흐……."

장칠문은 보름이의 온몸을 훑어 내리며 칙칙한 웃음을 흐흐거렸다.

보름이는 심하게 모독을 당한 기분이었다. 이런 인종을 더 마주 대하고 서 있어야 할 까닭이 없었다. 어서 집으로 가야 했다. 그러나 발이 떨어지지 않았다.

"인제 가야 쓰겄구만요. 애기가 기다리는디."

보름이는 겨우 입을 열었다.

"이, 오늘만 날이 아닝게 가 보시오."

장칠문은 뜻밖에도 선선히 말했다. 보름이는 가슴이 짓눌리는 압박감에서 벗어나며 부리나케 걷기 시작했다.

그런데 장칠문은 다음 날 집 가까이에서 불쑥 나타났다. 보름이는 그때서야 어제 뒤를 밟혔다는 것을 알았다.

"군산 바닥은 이 장칠문이 손바닥이여."

장칠문은 뒤를 밟은 것을 미안해하기는커녕 거드름을 피우고는, "꽃 같은 그 인물에 요것이 어디 사람 사는 꼴이여? 또 보드라고." 하고는 음탕한 웃음을 지르르 흘리며 돌아섰다.

그러고는 며칠째 모습을 보이지 않았다. 보름이는 서무룡보다 장칠문한테 더 위협을 느꼈다. 장칠문은 순사인 데다 옛날에 오빠까지 끌어간 위인이었다.

보름이는 아궁이에 짚불을 지피며 자꾸 한숨을 내쉬었다. 두 남자의 일을 어찌해야 좋을지 알 수가 없었다. 다시 무주로 들어가 버릴까……? 그러나 농사지을 땅이 없었다. 어머니를 찾아 만주로 갈까……? 그러나 팔자 기구해진 꼴을 어머니에게 보이는 것도 죄였고, 아이까지 데리고 친정살이의 짐이 될 수는 없었다.

"요것이 오래 헐 짓은 못 되제. 그저 먹고살 장사 밑천 장만헐 때까지만 참드라고."

판석이 아저씨가 가끔 하는 말이었다. 매일 피 마르는 긴장 속에서 쌀을 훔치는 고통을 참아 낸 것은 어떻게 장사 밑천을 마련해 아들 하나 잘 키우겠다는 욕심 때문이었다.

"그리 빼먹으면 쥐도 새도 모릉게 아무 걱정 말어. 허고, 왜놈들이 자네 집안 망쳐 놓고 자네 신세 망친 것을 생각해서라도 맘 강단지게 먹어야 써."

손가락 가늘기의 대롱을 만들어 주며 손판석이 한 말이었다. 한쪽 끝이 대창처럼 날카롭게 깎여 있는 대롱을 찔렀다 빼도 가마니에는 흔적이 남지 않았다. 그 대롱에 차는 쌀은 숟가락 하나

가 될까 말까 했다.

그러나 만약 들통 나는 날에는 판석이 아저씨도 무사할 리 없었다. 그런데도 대롱을 만들어 주며 소리 없이 웃던 아저씨의 마음이 그저 눈물겨울 뿐이었다. 자신이 바라는 것은 어서 창고를 벗어나는 것이었다. 그러나 장사 밑천은 쉽게 모아지지 않았다. 두 입이 날마다 밥을 먹어 축내는 탓이었다.

아무리 생각해도 군산을 떠야 할 것 같았다. 그래서 저녁을 먹은 다음 손판석의 집을 찾았다.

"저…… 창고에 그만 댕기는 것이 어쩔랑가 혀서……."

"일이 힘드는갑제?"

손판석이 쌈지를 펼치며 무겁게 말했다.

"아니구만요, 그까짓 것은 일도 아니제라. 아재도 못헐 일이고 해서……."

"나? 아니여. 나야 암시랑 안 헝게 자네나 쬐깨만 더 참소. 인제부터 쌀이 정신없이 쏟아질 판인디, 요번 추수철만 지나면 쬐깐헌 점방이라도 차리게 된단 말이여. 삼봉이를 생각혀서라도 쬐깨만 더 참드라고."

손판석은 정색을 하다 못해 손까지 내저었다.

보름이는 삼봉이 이야기에 더 할 말이 없어지고 말았다. 어떤 일이 있어도 아들의 장래를 포기할 수는 없었다. 보름이는 자신의 위태로움을 피하려고 앞뒤 없이 다급해하던 스스로에게 부끄러움을 느꼈다. 그리고 아들에게 미안했다.

창피스럽고 낯 뜨거워 서무룡이나 장칠문 이야기는 꺼내지 않고 창고 일을 끝내려 했다. 그러기를 잘했다 싶었다. 만약 그 이야기를 꺼냈더라면 판석이 아저씨도 어쩔 수 없이 창고 일을 그만두게 했을지 모른다. 그렇게 되면 삼봉이의 장래는……. 보름이는 밤하늘을 올려다보았다. 어둠 속에서 아들의 눈동자 같은 별들이 초롱초롱 빛나고 있었다.

14

혼약과 훼방꾼

들녘은 안개 바다를 이루고 있었다. 자루가 긴 삽괭이를 든 신세호는 가을빛 머금은 안개밭을 헤치며 논둑길을 느리게 걷고 있었다.

해가 솟으면서 잠잠하던 안개가 일렁이기 시작했다. 그 일렁임을 따라 수많은 안개밭들이 풀어헤친 머릿결 모양으로 일어서고, 그 안개밭들이 서로 뒤엉키고 휘감기면서 연기처럼 자취를 감추고 있었다.

신세호는 그 광경을 하염없이 바라보며 자연의 신비로움을 새롭게 느꼈다. 해의 무한한 생명력과 창조력을 깊이 생각하게 되고, 삶의 소중함과 자연의 고마움을 새삼스레 깨닫게 되고…….

그는 손수 농사를 짓게 되면서부터 눈과 마음이 더 깊고 넓게 열리는 듯했다.

신세호는 언제나처럼 해를 향해 두 팔을 벌리며 가슴 가득 숨을 들이켰다. 그의 눈이 사르르 감기면서 얼굴에 그윽한 미소가 번졌다.

"아주 좋소, 천황께 문안드리는 거!"

누군가의 갑작스러운 말에 신세호는 눈을 번쩍 뜨며 고개를 돌렸다.

한 사내가 빙긋이 웃고 있었다. 신세호는 순간 긴장했다. 그자는 경찰이나 헌병대 앞잡이 냄새를 풍기고 있었다.

"댁은 뉘시오?"

신세호는 경계하는 눈치를 감추려고 무표정하게 물었다.

"신세호 선생, 안녕허신가요?"

신세호의 물음을 묵살한 사내는 또 엉뚱한 소리를 하며 씨익 웃었다.

신세호는 온몸에 소름이 쫙 끼쳤다. 저놈이 내 이름을 어떻게 아는가! 그동안 감시당하고 있었다는 두려움이 밀려왔다. 게다가 굳이 '선생'이라고 부르는 사내의 태도도 섬뜩했다.

"선생이라니, 무슨 당치 않는 소리요? 나야 댁이 보고 있는 대로 농부요."

신세호는 차갑게 말하며 고개를 돌렸다. 그리고 걸음을 옮겼다.

"신세호 선생, 송수익이가 만주에 살아 있다면서요?"

신세호는 뒤통수라도 맞은 것처럼 충격을 받았다. 그 사내는 형사가 틀림없고, 송수익 때문에 이른 아침부터 나타난 것이었다. 그 사실을 깨닫는 순간 신세호는 자신이 어떻게 대응해야 하는지 깨달았다.

"아니, 뭣이라고요? 송수익이가 살아 있다고요? 거기가 어디요?"

신세호는 깜짝 놀라는 척 몸을 돌리며 되물었다. 사내의 그 느닷없는 물음은 이쪽을 잡아채려는 덫 놓기였다.

"이거 어째 이러시오? 나보다 신 선생이 더 환허게 아실 것인디."

사내는 날카로운 눈초리로 신세호를 쏘아보았다. 신세호는 그 눈초리를 피해서는 안 된다고 생각했다.

"댁이 대체 누군디 아침부터 사람 붙들고 밑도 끝도 없는 소리요? 나는 송수익이 몇 년 전에 죽었다는 소문을 듣고, 살아 있다는 말 듣기는 오늘이 첨이오. 댁은 대체 뉘시오?"

신세호는 무게 실린 목소리로 역공을 펼쳤다. 동요하지 않는 그의 눈초리는 사내를 맞쏘아보고 있었다.

"신 선생, 그리 말헌다고 내 눈을 속일 것 겉으요? 거짓말허면 예전에 당헌 것처럼 신상에 좋지 않으요."

사내는 떫은 웃음을 입가에 내비치고는, "요새 송수익이 집에 자주 드나들던디, 만주로 언제 뜰 참이오?" 하며 완연히 협박조로 물었다.

"무슨 당치 않은 억지소리요? 내가 요새 그 집에 자주 오가는 것은 우리집 딸허고 그 집 아들허고 혼인시킬 맘이 있어서 그런 것이오. 그것이 잘못되았소?"

신세호는 태연하게 말하면서도 가슴은 서늘해졌다.

"혼인? 어째서 해필 그 집허고 혼인을 맺소?"

"그것은 아주 오래된 혼약이오. 송수익허고 나허고는 죽마고우라 서로 첫아들, 첫딸을 보게 되면서 혼약을 맺었소. 송수익이 세상을 떴다고 그 혼약을 깰 수는 없지 않소?"

신세호는 사내에게 말려들지 않으려고 일부러 혼약을 내세웠다. 그건 사실이기도 했다.

"거짓말 마시오!"

사내의 목소리에 날이 섰다.

"말이 과허요."

언짢은 기색을 드러낸 신세호는, "거짓말인지 아닌지는 당장 그 집에 가서 알아보시오." 하며 엄한 기운이 서린 목소리로 말했다.

사내는 상대방의 꿋꿋한 기세에 주춤 밀리는 기분을 느꼈다. 그러나 그는 정보학교에서 반복적으로 배운 제압 방법을 떠올리며 그런 감정을 곧바로 뒤집었다.

"송수익이가 죽었으면 어째 제사를 안 지내오?"

사내가 날린 화살이었다.

신세호는 가슴이 섬뜩해졌다. 제사를 지내는지 어쩌는지는 신경 쓰지 않았던 것이다. 만약 제사를 지내지 않았다면 그건 의심받고 트집 잡힐 만한 문제이기도 했다.

"제사를 어쩌고 있는지는 나도 모르겄소. 허나, 제사를 안 지낸다면 그 집안 사람들대로 무슨 뜻이 있을 것이오."

"고것이 바로 송수익이가 살아 있다는 뜻이지 뭐겄소!"

사내는 신세호의 말을 토막 치고 들며 또 화살을 날렸다.

"그것이 아니오. 송수익이 죽었다는 것은 소문으로 퍼진 것이제, 어느 날 어디서 죽었는지는 그 집도 모를 것이오. 언제 어디서 죽었는지 모르면 제사를 못 지내는 것이야 우리네 풍속 아니오?"

신세호는 담담하게 말하며 상대방의 예리한 공격을 피해 섰다.

"고것이 바로 거짓말이다 그것이오. 폭도들이 어떤 놈들인디, 송수익이 참말로 죽었다면 죽은 날을 송수익이 집에 안 알렸겄소? 송수익이는 죽은 것이 아니오. 그놈은 죽었다고 소문내고 만주로 뜬 것이 분명허요. 그런 의병놈들이 어디 한둘이오!"

사내의 매서운 추궁에 신세호는 가슴이 서늘해졌다.

"그것이야 경찰서고 헌병대서 허는 짐작이니 내가 뭐라고 헐 말이 없소."

신세호는 사내를 물끄러미 바라보며 쓰게 웃었다. 그 여유 있는 쓴웃음은 상대방을 경멸하는 것처럼 보였다.

"죽마고우로 자식들 혼약을 허는 사이라면서 어째서 의병은 같이 안 나섰소?"

갑자기 방향을 바꾼 질문이었다. 이것은 또 어디를 찌르는 침인가 싶어 신세호는 다시 긴장했다.

"나야 그럴 위인이 못 돼서 그렇소."

신세호는 삽괭이로 이슬 맺힌 풀섶을 휘저으며 먼 데로 눈길을 보냈다.

"그것이 아니고 딴 약조가 있었던 것 아니오? 겉으로는 서당 훈장인 척허면서 속으로는 송수익이허고 내통헌 것 아니냐 그 말이오?"

"허! 그랬으면 송수익 앞에 내 면목이 얼마나 섰겠소? 허나 이 못난 위인은 송수익이가 거병을 제안했을 적에 뒤로 물러앉은 몸이오."

신세호의 얼굴에 스스로를 비웃는 웃음이 스쳐갔다.

"아니, 송수익이 같이 의병으로 나서자고 혔는디 마다혔단 말이오?"

"그리됐소."

"그럼 앞뒤가 안 맞지 않소? 뜻이 안 맞는 사람들끼리 자식들 혼약을 헌다는 것이!"

사내가 쏜 화살은 신세호의 심장으로 날아갔다. 신세호는 사내가 보통이 아니라고 생각했다.

"그 말이 맞기도 허요. 송수익이는 서운했을 것이오. 허나 그 사람은 어릴 적부터 소심헌 나를 잘 알고 있어서 그런지 서운헌 내색을 허지도 않았고, 자식들 혼약을 깨지도 않았소."

신세호는 잠시 말을 끊었다가, "……혀서, 송수익이 저승으로 간 뒤에도 나는 그 사람 볼 면목이 없소." 하며 사내가 쏜 화살을 꺾어 버리듯 말의 앞뒤를 빈틈없이 짜맞추었다.

순간적으로 사내의 얼굴에 동요의 빛이 스치고 지나갔다.

"양반이 어째 농사를 짓소?"

사내는 또 불쑥 물었다. 이번에는 또 무엇을 노리는지 신세호는 예민하게 생각했다.

"허어, 별것을 다 묻소그려. 본시 농자천하지대본이라 했거늘, 가난헌 양반이 농사짓는 것이야 어디 하루 이틀 된 일이오?"

신세호는 삽괭이를 힘껏 땅에 박으며 헛웃음을 쳤다.

"만약에 송수익이 만주 땅에 살아 있으면 그땐 당신 신세도 끝장나는 줄 아시오."

사내는 신세호를 매섭게 노려보고는 논둑길을 빠르게 걸어갔다.

'꽤나 똑똑하게 생긴 놈이 무슨 할 짓이 없어서……'

신세호는 가늘게 혀를 찼다.

'또 누구를 못살게 굴려고 저리 급하게 가는가…….'

이런 생각을 하다가 그는 문득 긴장했다. 중원이를 찾아갈지도 모른다는 생각이 퍼뜩 떠올랐던 것이다.

중원이는 아버지 송수익을 닮아 총명하고 담대한 편이었다. 그러나 저 정체 모를 사내를 상대하기에는 역부족일 것이 분명했다. 그 사내는 영리하다 못해 교활했고 명민하다 못해 간악하기까지 했다. 그에 비해 중원이는 너무 순진하고 솔직했다.

마음이 다급해진 신세호는 뛰듯이 걸었다. 중원이가 그 비밀을 알고 있는 게 문제였다. 혼인 이야기를 꺼내면서 송수익의 편지는 당연히 내보여야만 했다. 그때까지 제 아버지가 이 세상 사람이 아닌 줄 알고 있던 중원이는 아버지의 편지를 보고 무척이나 놀랐었다.

'그 교활한 사내가 중원이를 찾아가게 되면…….'

신세호는 몸을 부르르 떨었다.

신세호는 삽괭이를 헛간 흙벽에 던지듯 세우고는 허둥거리며 방으로 들어갔다. 텃밭에서 가지를 따고 있던 그의 아내 김 씨가 놀라 치마귀를 여미며 텃밭을 벗어났다.

신세호는 허둥지둥 옷을 갈아입었다.

"어디 행차허실랑가요?"

놀란 기색을 감춘 김 씨가 차분하게 물었다.

"전주 좀 댕겨와야겄소."

신세호는 갓끈을 매면서 대답했다.

"전주요? 무슨 일이 생겼는가요?"

눈이 크게 뜨이면서 김 씨의 얼굴에는 다시 놀라는 기색이 드러났다.

"아직 모르겄소. 궂은일 막으려고 가는 것잉게. 하엽이헌티는 아무 내색허지 마시오."

신세호는 방을 나섰다.

"아부님, 진지도 안 잡수시고……."

장독대에서 표주박으로 귀때병에 간장을 담고 있던 하엽이가 몸가짐을 바로잡으며 제 아버지의 끼니 거르는 것을 염려했다.

"오냐, 급히 상가에 가는 길이니 요기는 거기 가서 허면 된다."

신세호는 꾸며서 대꾸하고는 총총히 사립을 나섰다.

신세호는 자신이 그 사내보다 먼저 중원이를 만나야 한다는 생각에 두루마기 자락에서 바람이 일도록 빨리 걸어 마을을 벗어났다. 송수익이 만주에 살아 있다는 사실이 들통 나는 날에는 양쪽 집안이 쑥밭이 될 판이었다.

전주에서 군산을 오가는 6인승 마차를 타자면 신작로를 따라 20리는 족히 걸어야 했다.

신세호가 정신없이 전주로 내닫는 그 시각에 양치성은 주막에서 국밥을 먹고 있었다.

"국물 다 식는디 염불을 허고 앉었소, 이빨로 밥알을 세고 앉었소? 한 그릇 다 먹자면 해가 서산에 빠지겄소."

주모가 툴툴거리며 눈을 흘겼다.

그러나 양치성은 아무 반응이 없었다.

'신세호의 태도로 보아 송수익이 살아 있는 것 같지는 않은데……. 헌데 어째서 자식들을 혼인시키지? 오래된 약조라고? 글쎄…… 그놈이 송수익 아들을 사위 삼아 또 물들이자는 것 아닌가? 가만, 종기를 키워 속 썩일 게 아니라 혼인을 못하게 막아 버려? ……그것도 괜찮은 방법이기는 한데…… 어떻게 혼인을 막

지? 아참, 신세호 그자한테 서당을 다시 열지 말라고 못을 박아야 했는데, 그놈이 지금까지는 명령을 어기지 않았지만 언제 다시 서당을 차릴지 모르는데. 그런데 왜 이렇게 부쩍 서당 바람이 불지? 글줄이나 읽은 양반 놈들이 출셋길이 막히니까 훈장질이나 해 먹자는 건가?'

양치성은 고개를 갸웃갸웃했다.

"어이, 여기 막걸리나 한 사발 올리소. 밥맛이 어째 이려!"

양치성은 갑자기 목청을 높이며 숟가락을 밥상에 던지듯 했다. 혼인을 막을 방도를 찾다가 옆길로 빠진 것에 짜증이 인 것이었다.

"음마, 뉘 집 도령님인지 몰라도 입 까다롭기가 평양감사 찜 쪄 먹겄소. 국밥 장수 30년에 맛없단 말 생전 첨이오. 임금님 앞에 진상은 못혔어도 이 고을 원님이란 원님은 줄줄이 입 다시고 맛나다고 칭찬헌 국밥이고, 헌다허는 양반님네들도 다 이 국밥 먹겄다고……."

"그 사설로 밤샐랑가? 얼렁 술이나 주소."

양치성이 내쏘았다.

양치성은 술을 천천히 마시며 다시 그들의 혼인을 어떻게 막을지 생각했다. 그러나 선뜻 좋은 생각이 떠오르지 않았다.

그는 처음 계획대로 일단 송수익 집부터 찾아가기로 하고 주막을 나섰다.

“정보학교를 졸업했다는 건 단지 정보 요원 자격을 갖추었다는 것만이 아니네. 그건 곧 조선인에서 일본인으로 다시 태어났다는 것을 뜻하네. 다시 말해 자네는 천황 폐하의 신하요 자식이 된 것이네. 천황 폐하께서 베푸신 그 하해와 같은 은혜에 보답하는 길은 오로지 충성뿐이네. 난 자넬 믿네. 우수한 성적으로 졸업해서 추천자인 내 체면을 세워 준 것처럼 앞으로도 임무를 충실히 수행해 나가야 하네. 이제 내 품을 떠나 어디 가서 활동하든 기대에 어긋나지 않게 혁혁한 공을 세우기 바라네. 내가 늘 지켜보고 있을 테니까.”

우체국장 하야가와의 다짐이었다.

그러나 양치성에게 하야가와의 그 말은 굳이 필요하지 않았다. 왜냐하면 양치성은 이미 마음속으로 경찰서장이 되리라는 결심을 굳히고 있었기 때문이다.

양치성은 이제 우체국장쯤은 안중에 없었다. 경찰서장이 되는 것이 목표였다. 경찰서장의 권세에 비하면 우체국장의 권세란 없는 것이나 마찬가지였다. 우체국장이 비밀 정보원으로 암암리에 활동하는 것은 특별히 권세라고 할 게 없었다. 그런 활동은 일본 관리들은 누구나 수행해야 하는 기본 임무일 뿐이었다.

“정보학교는 일본 사람도 들어가기 어려운 곳이야. 그러니까 자넨 순사보나 헌병보로 시작해서 자리가 올라가는 자들과는 애당

초 달라. 자넬 특수 요원으로 교육시킨 건 여기 군산이나 전라도에서만 활동하라는 게 아니지. 지역의 제한이 없이 능력을 발휘해야 하네. 우선 이것부터 점검하게."

사찰 주임이 매서운 눈으로 자신을 바라보며 봉투 하나를 던졌다.

그 봉투에 든 명단 속에 송수익이라는 이름 석 자도 들어 있었다. 그리고 이름 옆에 '생존 여부 확인'이라고 적혀 있었다. 송수익이라는 이름이 유독 눈에 들어온 것은 전해산 같은 의병장과 함께 어릴 적에 많이 들은 이름인 까닭이었다. 그 이름을 보는 순간 아이들과 함께 숨죽여 부르던 의병장 노래가 생생하게 되살아났다. 기분이 야릇했다. 가슴 두근거리며 그 노래를 부른 것은 의병장들이 왜병들을 무찌르기를 바라서였다. 그런데 이제 자신은 그 의병장 가운데 한 사람인 송수익의 생사를 확인해야 하는 입장에 서 있었다.

양치성은 송수익이 살아 있을 것 같지 않은 예감이 들었다. 그러나 그는 곧바로 그 예감을 물리쳤다. 근거 없는 예측은 사건 수사에서 절대 금물이었다.

냉정하게 따져 보아도 송수익은 살아 있을 가능성은 거의 없었다. 의병과 내통하는 기미가 보이는 동네는 아이들까지도 모조리 죽여 없앤 대토벌 작전에서 무슨 둔갑술을 쓰지 않고서야 살아

남기 어려웠을 것이다. 송수익은 토벌 작전이 진행되고 있는 동안에 벌써 죽었다는 소문이 파다하게 퍼져 있었다.

그러나 경찰에서 송수익의 죽음에 의혹을 품을 만도 했다. 우선 송수익의 시체를 확인한 사람이 아무도 없었다. 그리고 송수익의 어머니 장례 때 의병 혐의를 가진 중을 체포했는데 오히려 그놈에게 순사와 순사보가 살해됐고, 그놈은 잡히지 않았다. 또한, 그동안의 감시에 따르면 송수익의 제사를 지내지 않는다는 점이었다.

신세호에게 송수익이 살아 있지 않느냐고 느닷없이 넘겨짚은 것은 순간적인 범죄 반응을 살피기 위해서였다. 그러나 신세호에게서는 범죄 반응이 나타나지 않았다. 그리고 제사를 지내지 않는 까닭도 신세호의 말에 타당성이 있었다.

양치성은 송수익의 동네로 걸음을 빨리 놀리기 시작했다.

한편 신세호는 중원이네 학교를 찾아갔다. 학교는 마침 점심시간이었다.

"어떤 젊은 놈이 찾아오지 않았더냐?"

중원이를 보자마자 신세호가 한 말이었다.

"아무도 안 왔는디요. 갑자기 어찌 이리 먼 걸음을……."

깍듯이 예를 갖추는 송중원의 얼굴에는 불안함이 드러났다.

"아이고 참 다행이다. 저쪽으로 가서 얘기 좀 허자."

신세호는 안도의 긴 숨을 내쉬고는 중원이의 손을 끌었다. 학생들이 없는 운동장 가로 가면서 신세호는 연상 사방을 두리번거렸다.

신세호는 아침에 생긴 일을 사윗감에게 차근차근 이야기했다.

"……그놈들이 니헌티도 불쑥 찾어올지 모른다. 맘 묵직허게 먹고 대허란 말이다."

"예, 그리허겄구만요."

중원이는 약간 겁난 듯한 얼굴로 대답했다.

"내가 집을 오래 비우면 또 의심 살지 모르니 이만 가야겄다. 그놈이 안 올 수도 있응게 너무 걱정허지는 말거라."

신세호는 굳이 안심시키는 말을 덧붙였다.

"예, 심려 마시고 살펴 가시지요. 실수 없이 허겄구만요."

송중원은 검정 두루마기 옷고름이 땅에 끌리도록 허리를 깊이 숙였다.

"그려, 그려, 장부가 따로 없다."

실수 없이 하겠다는 그 말 한마디가 고맙고 기특해 신세호는 사윗감의 등을 다독거렸다.

신세호는 돌아서다 말고 되돌아섰다. 그리고 속주머니에서 돈을 꺼냈다.

"요거 얼마 안 된다. 넣어 둬라."

"아니구만요, 돈 풍족허구만요."

송중원은 옹색스러워하며 물러섰다.

"어허, 어른 손을 부끄럽게 허면 안 되는 법이니라. 집이 멀지는 않아도 객지 생활은 객지 생활이다. 급히 나오느라 얼마 안 되니 그리 알고 써라."

송중원은 장인 될 어른의 엄한 기세에 눌려 돈을 받아 들었다.

신세호는 한시름 놓고 집으로 발길을 돌리며 중원이가 대학 공부까지 마칠 수 있도록 힘을 보탤 작정을 했다. 자신이 할 수 있는 일은 그것밖에 없을 것 같았다.

신세호는 점심도 굶었고, 마차도 탈 수 없었다. 그러나 배고픈 줄도, 다리가 아픈 줄도 모르고 몇 십 리 길을 줄기차게 걸었다. 돈을 다 털어 준 것만이 마음 뿌듯했다.

이튿날 아침, 신세호는 어느 때 없이 늦잠을 잤다. 온몸이 무겁고 결려 손가락 하나 움직일 수 없을 지경이었다.

"사돈댁에서 머슴이 왔구만요."

아내의 말에 신세호는 몸을 벌떡 일으켰다. 사돈댁이라면 송수익의 집이었다. 어제 그놈이 중원이를 찾아간 게 아니라 송수익의 집을 찾아간 거라는 생각이 신세호의 머리를 쳤다.

"주인마님께서 어르신을 뵈었으면 허시드만이라우."

허리 굽힌 머슴의 말이었다.

"……곧 나설 것이니 잠시 기다려라."

신세호는 어제 무슨 일이 있었느냐고 물으려다 말았다. 설령 그 놈이 송수익의 부인 안 씨를 찾아갔다 한들 머슴이 그 내막을 알 리 없었다.

신세호는 아침밥을 뜨는 둥 마는 둥 하고 집을 나섰다.

"그 사람 말이, 만일에 혼인을 허면 두 집 다 화를 면치 못헐 것이라는구만요."

내외를 하느라 앉음새를 반쯤 옆으로 튼 안 씨의 조심스러운 말이었다.

"혹여 송 형의 생사 문제를 캐고 들지는 않던가요?"

"예, 그것은 안 캐등마요."

"아 예, 그랬구만요……."

신세호는 갑자기 혼란을 느꼈다.

'정작 안 씨를 찾아와서는 송수익의 생사 문제는 덮어 두고 엉뚱하게 혼인을 못하게 훼방을 놓다니……. 그놈의 저의가 대체 무엇인가? 그럼, 송수익은 죽었다고 믿고, 새로 혼인을 걸고 드는 것인가? 혼인을 방해하는 또 다른 의도가 있는 건 아닐까?'

너무 뜻밖의 일이라 신세호는 갈피를 잡을 수가 없었다.

"저를 찾아와서는 송 형의 생사를 캐고, 여기 와서는 혼인을 막고……. 그놈이 무슨 흉계를 꾸미고 있는지 종잡기가 어렵구만요.

필시 그놈이 노리는 것이 있을 테니, 그놈의 간계가 무언지 며칠 여유를 갖고 생각해 보는 것이 어떨까 헙니다만…… 생각이 어떠신지요?"

신세호는 느리고 조심스럽게 말했다.

"예, 그러시지요."

안 씨는 그저 동의했다. 어차피 무슨 말을 보태고 빼고 할 여지가 없는 말이었다.

안 씨는 신세호를 대문 안에서 배웅했다.

"아니, 그것이 어디 딸자식 가진 부모가 헐 말이간디요?. 딱 잘라서, 무슨 일이 있어도 혼인에는 변함이 없다고 혀야지 어찌 그리 말씀허고 오실 수가 있으시다요? 못헐 말로, 구데기 무서워 장 못 담그것능가요?"

김 씨는 남편이 원망스럽고 야속해 마구 공박하고 들었다.

신세호는 아내의 말을 듣고 보니 자신의 잘못이 너무나 커 변명 한마디 할 수가 없었다.

"알겄소. 내일 당장 그 댁에 가겄소."

15

멀고 추운 땅

기차가 평양역에 들어서며 뙈액땍 기적을 울리고 있었다. 기차 안은 왁자지껄해졌다. 공허는 이맛살을 찌푸리며 천천히 눈을 떠 열차 안을 둘러보았다. 내리는 사람들과 오르는 사람들이 뒤죽박죽 뒤엉켜 한판 난리가 벌어지고 있었다. 그중에는 등짐을 진 보부상들이 많았다.

'허! 저놈들만 살판난 세상이로군. 왜놈들 물건으로 돈벌이가 더 좋아졌겠다, 기차를 타니 어깨 아프고 다리 아픈 고생 없어졌겠다, 이놈들아, 왜놈들한테 그저 감지덕지하겠구나.'

1년 사이에 부쩍 늘어난 보부상을 보며 공허는 또다시 적개심이 솟았다. 그들에 대한 분노는 의병 투쟁을 할 때나 지금이나 조금도 식지 않았다. 그들은 여전히 경찰이나 헌병대의 끄나풀 노릇을 일삼고 있었다.

기차는 평양역에서 지루할 만큼 오래 쉬었다. 공허는 선반에서 바랑을 내려 자신이 앉았던 자리에다 놓고는 통로로 나섰다.

기차를 내려선 공허는 흡 숨을 들이켰다. 찬바람이 왈칵 몰려들었던 것이다. 바깥 날씨는 생각보다 한결 더 추웠다. 공허는 뒤늦게 모자를 두고 나온 것을 깨달으며 썰렁해진 빡빡머리를 손바닥으로 쓸었다.

"솜씨가 곱지는 못해도 제 맘이구만요. 거기는 여기보다 곱이나 더 춥다든디……."

홍 씨의 부끄럼 타는 목소리가 매운 바람결을 타고 들려왔다. 그 정성이 고마워 바랑에 넣어 온 모자였다.

공허는 기차에서 내린 사람들로 북적거리는 역 건물을 건너다보며 어슬렁어슬렁 걸었다. 평양역 건물을 보면 언제나 착각이 일었다. 군산역 건물과 생김이 똑같기 때문이었다. 군산이라는 도시가 그렇게 중요해진 건 순전히 일본으로 실어 가는 쌀의 힘이었다. 군산에 은행이 자꾸 생겨나는 것도 우연이 아니었다. 수없이 많은 쌀가마는 배에 실리면서 돈으로 둔갑했고, 습기 많은 곳에 곰팡이가 번창하듯 은행이 늘어나고 있었다.

공허는 은행이 많아 이번에 덕 본 것을 생각하며 씁쓰레하게 웃었다. 그동안 부잣집을 털어 모아 온 돈을 만주로 가져가려는데 그 분량이 너무 많았다. 마음 놓고 옮길 수 있다면야 많을 것도 없지만 의심하는 눈초리를 피해 가져가기에는 너무 많았다. 그런데 지난 9월에 조선은행에서 100원짜리 지폐를 새로 만들었다. 돈의 분량을 크게 줄일 수 있게 되었으니 그보다 더 반가운 일이 없었다. 의심받지 않게 은행을 바꿔 가며 조심조심 그 돈을 모두 100원짜리로 바꾸느라 두 달이 넘게 걸렸다. 그 덕에 전대를 하나만 둘러도 거뜬했다.

공허는 장삼 속으로 전대를 매만지며 어슬렁거렸다.

"그놈을 잡으면 정말 저 방에 적힌 대로 상금을 주기는 줄까?"

"왜, 상금이 탐나는가?"

"280원이면 팔자 고치는 돈 아닌가? 자넨 탐 안 나나?"

제각기 등짐을 진 보부상 셋이 지나가며 나누는 말들이었다.

공허는 게시판에 붙어 있는 방을 보며 신음을 씹었다.

폭도 괴수 채응언, 그것은 왜놈 토벌대와 헌병대에서 붙인 칭호일 뿐이었다. 그걸 뒤집으면 의병 명장 채응언도 되고, 불사 의장 채응언도 되는 것이었다. 그 어떤 높은 뜻의 칭호를 붙여도 조금도 지나칠 게 없는 의병장이 바로 채응언이었다.

일본 군대가 의병의 뿌리를 뽑으려고 혈안이 되어 있는 상황에서 채응언 의병대는 압록강이나 두만강을 넘지 않고 조선 땅에서 몇 년에 걸쳐 끈질긴 투쟁을 하고 있었다.

뙈에엑 뙈엑!

기차가 고함을 치더니 차량들이 덜커덩거리며 쇠바퀴가 구르기 시작했다. 공허는 화들짝 놀라 마구 뛰었다. 몇 걸음만 늦었더라면 기차를 놓칠 뻔했다.

공허는 신의주역에서 내렸다. 한성에서 기차표를 끊을 때 신의주까지만 끊었던 것이다. 국경인 압록강을 건널 때 받는 검문검색을 피하기 위해서였다.

조선 땅의 끝역인 신의주역에서는 반드시 이동경찰이 검문검색을 했다. 그리고 압록강을 건너 중국 땅 첫 역인 안동역에서도 조사를 했다. 중국 철도경호대의 그 조사는 그래도 신의주 이동경찰에 비해 수월한 편이었다. 그렇다고 마음 놓을 수는 없었다. 이미 만주철도 부설권을 장악한 일본의 힘은 만주철도의 실질적인 주인이나 다름없었다.

공허는 신의주역을 나서면서 모자를 더 깊이 눌러썼다. 추위가 평양보다 한결 더했다.

신의주역 근처도 군산역 근처와 마찬가지로 온통 일본 상점들로 차 있었다. 신의주는 그 이름대로 일본 사람들이 제멋대로 만들어 낸 '새로운 의주'였다. 그러다 보니 역뿐만 아니라 도시 전체가 왜색이었다.

공허는 일본식 시가지를 따라 걸으며 밥집을 찾았다. 날이 저무는 추위 속에 용암포까지 50리 길을 가자면 우선 밥부터 든든히 먹어야 했다.

압록강의 하구 용암포에는 만주를 오가는 나룻배가 많았다. 그 나룻배는 주로 장사꾼과 양쪽의 물품을 실어 날랐다.

용암포에도 국경 수비대가 있기는 하지만 그들의 감시는 이동 경찰에 비해 한결 느슨했다. 밤이 아니면 나룻배는 별다른 제지를 받지 않고 강을 건너다녔다. 공허는 그동안 만주 땅을 오가면서 그런 것들을 다 귀동냥해서 파악해 두었다.

그런데 용암포의 주막을 찾아든 공허는 그만 맥이 빠지고 말았다. 강이 얼어붙어 배가 필요 없다는 것을 그때서야 안 것이다. 압록강은 11월 하순부터 다음 해 4월 초순까지 얼어붙는다는 것이었다.

이튿날, 새벽밥을 먹은 공허는 장사꾼들을 따라 주막을 나섰다. 공허는 예닐곱 명의 장사꾼들 뒤에 서너 걸음 뒤처져 압록강의 얼음판을 밟았다.

공허는 앞서 가는 장사꾼들의 뒷모습을 바라보며 그들이 모두 순수한 장사꾼이라고는 믿지 않았다. 그들 속에는 왜놈 끄나풀이 한둘 들어 있을 수도 있었다. 또 어쩌면 망국한을 품은 어떤 지사가 종이 장수나 인삼 장수로 변장하고 만주 땅으로 스며들고 있을지도 몰랐다.

휘르륵 휘익! 휘르륵…….

갑자기 호루라기 소리가 적막을 찢었다. 장사꾼들이 걸음을 뚝 멈추었다. 공허도 발길을 멈추며 뒤를 돌아보았다. 총을 겨눈 일본군 둘이 자기네 쪽으로 오라고 손짓하고 있었다.

"저 아새끼들은 새벽잠도 안 자고서리……."

"할 수 없디, 방정맞은 아새끼들……."

장사꾼들이 투덜거리며 그쪽으로 걸음을 옮겼다. 공허도 그 뒤를 따를 수밖에 없었다.

"당신들 밀수꾼이지!"

조금 어색한 조선말을 일본 군인이 내뱉었다.

공허는 그 조선말 솜씨에 가슴이 뜨끔해졌다. 일본 관리들이 조선말을 익히려 애쓴다는 것은 이미 알려진 사실이었다. 그러나 관리도 아닌 군인이 유창하게 조선말을 하는 것을 보고 새삼스레 놀라지 않을 수 없었다.

"당신! 정말 중이야?"

수비대원이 공허를 손가락질했다.

그 순간 공허는 칼이 가슴으로 날아오는 것 같은 기분이었다. 그러나 다음 순간 그는 대법당에 의연하게 정좌하고 있는 본존불의 그윽하고 담담한 미소를 떠올렸다.

"나무관세음보살……."

공허는 합장하며 느리고 묵직하게 윗몸을 구부렸다. 그리고 조금도 흐트러짐 없이 윗몸을 바로 세워 수비대원을 바라보았다.

"그것 벗어 보시오."

여전히 명령조였지만 수비대원의 말은 '해라'에서 '반존대'로 바뀌어 있었다.

"예…… 나무관세음보사알……."

공허는 서두르지 않고 다시 합장하고는 천천히 바랑을 벗었다.

"조사해 봐."

수비대원이 옆 사람에게 턱짓했다.

옆 대원이 잽싸게 바랑을 뒤졌다. 맨 먼저 버선 묶음이 나오고 그다음에 목탁과 목탁채가 나오고 끝으로 무명 수건이 나왔다.

"이게 답니다."

수비대원이 축 늘어진 바랑을 가볍게 흔들어 보였다.

"왜 짐이 이것밖에 없소?"

첫 번째 수비대원이 공허에게 곱지 않은 눈길을 박았다.

"본래 행각승의 짐은 이리 단출해야 된다고 부처님께서 가르치셨구만요."

공허는 상대방이 알아듣기 좋게 하려고 천천히 또박또박 말했다.

"행각승?"

"예…… 천지 사방을 떠돌아다니면서 수도허는 중이 행각승이구만요."

수비대원은 무언가 미심쩍다는 듯, "그것을 치면서 한번 해 보시오." 하고 목탁을 손가락질했다.

"예…… 나무관세음보사알……."

공허는 다시 합장하며, 저놈이 아무리 조선말을 잘한다고 해도 목탁이니 독경이니 하는 말은 모르는 모양이라고 생각했다.

공허는 목탁과 목탁채를 집어 들었다. 날이 어둡고 사람이 없다면 목탁으로 한 놈 머리통을 까고 목탁채로 또 한 놈 낯짝을 후려쳐서 보기 좋게 뻗도록 해 버릴 텐데 참 아깝다는 생각이 들었다.

똑똑똑똑 똑또그르…….

공허는 목탁을 힘껏 두드리며 낮은 헛기침으로 목을 다듬었다.

"마하반야바라밀다 관자재보살 행심반야 바라밀다시 조견오온개공……."

목탁 소리에 맞추어 반야심경이 풀려나왔다. 고아하고 폭넓은 울림을 짓는 목탁 소리와 슬픈 듯 구성진 듯 특유의 가락으로 흐르는 독경 소리는 묘한 어울림으로 경건한 분위기를 자아내며 밝아 오는 압록강 변의 매운 추위 속으로 여울져 퍼지고 있었다.

"됐소, 됐소. 그만하시오."

독경이 절반을 넘어가는데 수비대원이 손목을 까딱거렸다.

똑똑똑똑 똑또그르…….

공허는 독경을 뚝 그치지 않고 독경을 마감하는 목탁 소리를 내며 윗몸을 살짝 굽히는 여유를 보였다.

"됐소, 가시오."

수비대원이 시원스럽게 손짓했다.

"나무관세음보살……."

공허는 다시 합장하며, 중은 그저 관세음보살이면 만사형통이다 하고 속말을 하면서 쓰게 웃었다.

"다들 짐 내려서 풀어!"

조금 부드러워졌는가 싶던 수비대원이 장사꾼들에게 다시 사납게 소리쳤다. 장사꾼들은 허둥지둥 짐을 벗었다.

공허는 바랑을 메고 돌아서며 마음이 무거웠다. 그들이 밀수꾼이든 그저 먹고살아 가는 죄 없는 장사꾼이든 다 조선 사람이었다. 그런데 그들은 매운 추위 속에서 짐을 다 풀어 왜병들에게 조사를 받아야 했다. 어디서나 조선 사람들이 당하는 꼴이었다.

공허는 착잡한 마음을 한숨으로 토하면서 어서 일본말을 익혀야겠다고 작정했다. 수비대원이 그토록 유창하게 조선말을 하는 것은 여간 충격이 아니었다. 그들은 이쪽 말을 다 알아듣는데 이쪽에서 그들의 말을 알아듣지 못한다는 것은 또 한 번 지는 것이었다. 송수익의 말마따나 총만 무기가 아니었다. 더구나 어느 한 곳에 붙박여 있는 게 아니라 자신처럼 떠돌아다니는 입장에서는 일본말을 아는 게 더욱 필요했다.

공허는 꽁꽁 언 몸으로 기차를 타고 다시 만주 벌판을 달렸다. 몸을 잔뜩 웅크린 공허 옆자리의 조선 사람들이 서로 장사해 먹기 어렵다는 타령을 늘어놓고 있었다. 압록강을 건너다니다 보면 이쪽저쪽 중국 놈 철도경호대한테 뜯기고 일본 놈 이동경찰한테 뜯기고 해서 남는 건 겨우겨우 목구멍에 풀칠하는 것이 고작이라는 타령이었다.

만주 땅을 오가는 장사꾼들 넷 중에 하나는 밀정이나 끄나풀 노릇을 겸하고 있다는 말을 되짚으며 공허는 눈을 내려 감은 채 큼큼 콧방귀를 뀌고 있었다.

공허는 봉천에서 내려 하룻밤을 묵고 아침 일찍 통화로 가는 마차에 올랐다. 마음 같아서는 특급 마차를 타고 싶었지만 마적 떼의 습격을 받을지 몰라 완급 마차를 탔다. 마적 떼는 완급보다 값비싼 특급 마차를 노릴 것이 뻔했다.

완급 마차는 속도도 느린 데다 마차까지 낡아서 매운바람이 파고들었다. 공허는 추위에 진저리 치며 몸을 잔뜩 웅크렸다.

"스님은 통화에 어인 일이신가요?"

네 사람 중에 수염이 더부룩한 사람이 말을 걸어왔다.

"예, 절을 세울 데가 있는가 혀서……."

공허는 정해진 대답을 하면서 상대방을 경계했다. 먼저 말을 거는 사람, 먼저 일본 사람을 욕하는 사람, 쉽게 독립운동을 지지하고 나서는 사람은 각별히 조심해야 했다. 공허는 그 사람의 차림에 어울리지 않는 점잖은 말씨가 신경에 거슬렸다.

"예…… 만주에까지 타국교를 전파하실라고요?"

그 사람의 예사롭지 않은 눈길과 '타국교'라는 생소한 말에 공허는 멈칫 긴장했다.

"타국교라니, 무슨 말씀이신지……?"

"불교, 유교에 야소교까지 하나도 조선 것이 아니고 다 타국에서 들어오지 않았나요?"

그때서야 공허의 머리를 퍼뜩 스치는 것이 있었다. 그 사람은 바로 조선의 시조인 단군을 섬기는 대종교인이었던 것이다.

"만주 땅에 흩어져 있는 동포들을 한 덩어리로 뭉치게 할 구심점으로 그보다 더 좋은 것은 없을 것이오. 우리는 조선 사람이고 조선의 시조는 단군이시니, 우리는 마땅히 단군성조의 거룩한 정신 아래 단결하여 빼앗긴 조선을 되찾도록 해야 할 것이오."

대종교 교도가 될 뜻을 굳힌 송수익이 지난번에 한 말이었다. 신채호, 박은식 같은 지사들도 대종교 교도가 되었다고 했다.

공허는 나라를 되찾는 데 앞장서고 있는 대종교에 호감을 가지고 있었다.

"예, 그 말씀 좋구만요. 소승의 뜻은 그저 수도 삼아 만주를 둘러보고, 백두산에 합장도 허고 그러자는 것이제 꼭 절을 세우겄다는 맘은 아니구만요."

공허는 상대방과 눈길을 맞추며 이렇게 말했다. '백두산에 합장도 하고'라는 말로 자신의 속뜻을 전하고 있는 공허는 말조심하자는 눈짓까지 보내고 있었다.

"아 예, 그런 뜻이구만요……."

그 남자는 금방 공허의 말뜻을 알아차리는 반응을 보였다.

낡은 마차는 울퉁불퉁한 길을 달리며 잠시도 쉬지 않고 덜컹거렸다. 마차에 탄 다섯 사람은 끝없이 엉덩방아를 찧으면서 추위에 시달려야 했다. 그들 가운데 공허는 유난히 더 떨고 있었다.

"많이 추우시지요? 말씨가 전라도이신데, 그쪽 날씨에 맞춰 옷을 입으셨을 테니 얼마나 추우시겠어요? 몸이 얼면 큰 탈 나는데 옷부터 구하셔야겠어요."

공허는 자신을 염려해 주는 정 담긴 그 마음에 고마움을 느꼈다.

점심때에 맞추어 마차가 멈추었다. 그들은 허름한 중국 밥집으로 몰려 들어갔다.

"불 가까이 가지 마세요. 언 몸일수록 불기에서 멀리해서 풀어야 합니다. 우선 이 뜨거운 물로 속을 푸시지요."

손수 물을 갖다 주는 그 남자에게서 공허는 보통 사람과는 다른 종교인의 도타운 정을 느꼈다.

공허가 뜨거운 물을 불어 가며 마시고 있는데, 밖으로 나갔던 그 남자가 돌아와 탁자에 마주 앉았다.

"스님, 옷을 구했어요."

공허의 눈이 커졌다. 뒷간에나 간 줄 알았던 것이다.

"옷값이 얼만디요?"

공허는 돈을 꺼내려고 장삼 자락을 들쳤다.

"아닙니다. 제가 시주하는 겁니다."

그 남자는 무언가 의미 담긴 눈길로 공허를 바라보며 나직하게 말했다. 공허는 입을 꾹 다물며 그 남자와 눈길을 맞추었다.

공허는 점심을 먹고 나서 두툼한 솜옷을 장삼 속에 껴입었다. 헌 옷이지만 마음부터 따뜻해지는 기분이었다.

마차는 어둑어둑해져서 싱징에 도착했다. 통화까지는 절반을 조금 넘게 온 것이었다.

"스님, 여기서 작별해야겠습니다. 남은 길 편히 가십시오. 저는 대종교도 한법린입니다."

그 남자는 비로소 자신의 신분과 이름을 밝혔다. 대종교도는 곧 독립운동가나 독립군이라는 말과 같은 뜻이었다.

"아 예, 지는 공허라고 허느만요."

공허도 황급히 자신의 이름을 밝혔다.

"공허 스님⋯⋯ 통화에 가신다면 혹시 송수익 선생을 찾아가는 길인지요?"

"아니 그걸 어찌? 송 장군님을 잘 아시는게라?"

"우리 형제 교도니까요. 언젠가 또 뵐 날을 기약하겠습니다. 편히 가십시오."

한법린은 두 손을 내밀었다. 공허는 그 손을 덥석 잡았다.

"우리 한 몸, 한 몸이 다 조선입니다. 몸 보존 잘하십시오."

한법린은 공허의 손을 힘주어 쥐며 담담한 듯 말했다. 그런데 그 말이 가슴을 쿵 울렸다.

한법린은 바람이듯 빠르게 멀어져 갔다.

'우리 한 몸, 한 몸이 다 조선입니다⋯⋯.'

마치 심오한 불경의 한 구절이기라도 한 듯 공허는 그 말을 잠자리에 들어서까지 되새김질했다.

마차는 이튿날 해 질 녘에 통화에 다다랐고 공허는 다시 20리를 단숨에 걸었다.

"아이고메 스님, 어여 오시게라우."

지삼출이 공허를 곧 얼싸안을 듯 반가워했다.

"다들 무고허시오? 대장님은 어디 가셨소⋯⋯?"

공허는 집 안을 두리번거리며 지삼출네와 함께 거처하는 송수익을 찾았다.

"대장님은 스님을 기다리다가 백두산에 가셨구만이라."

"아니…… 이 징허게 추운 겨울에 무슨 백두산 유람이다요?"

방으로 들어서던 공허가 놀라며 우뚝 멈추어 섰다.

"유람인지 고생길인지는 밥이나 드시면서 듣는 것이 좋겄구만요."

지삼출이 공허를 끌어다가 아랫목에 앉혔다. 그 말투로 보아 송수익이 고생길에 나섰음을 공허는 눈치챘다.

밥상이 들어오기 전에 사람들이 몰려들었다. 천수동과 강기주 내외가 들어서고, 뒤따라 배두성 내외가 들어섰다. 김판술, 양승일 내외가 뒤를 잇고, 감골댁과 수국이가 들어서면서 방 안은 빼곡하게 찼다.

"대근이는 자는게라?"

공허가 감골댁을 바라보았다.

"대근이는 대장님 뫼시고 갔구만이라."

지삼출이 공허 옆으로 비집고 앉으며 대답했다.

그때 밥상이 들어왔다. 모두 자리를 좁혀 공허 앞에 밥상을 놓았다. 밥그릇에는 만주의 조밥이 곧 허물어질 것처럼 고봉으로 담겨 있었다.

"어디, 대장님 얘기 좀 들읍시다."

공허가 숟가락 끝으로 종지의 간장을 찍으며 지삼출을 바라보았다.

"야아, 요번에 우리 대종교 나철 어르신께서 백두산에 제를 올리신다고 혀서 석 달 전에 뜨셨는디 인제 오실 때가 다 되았구만이라."

"아니, 제를 지내러 그 먼 데까지 가셨다는 것이오?"

공허가 얼굴을 약간 찡그렸다.

"그것만이 아니라 여기 형편이 자꾸 궂어져서 새로 자리 잡을만헌 데가 있능가 그참저참 가셨구만이라."

지삼출의 목소리가 침울했다.

공허는 숟가락을 든 채 고개를 주억거렸고, 다른 사람들도 그늘 서린 얼굴로 무겁게 앉아 있었다.

"여기 사정이 어찌 궂어지고 있소?"

공허가 더디게 입을 열었다.

"왜놈들이 야료를 부리는 것이 탈이제라. 뙤국 놈들을 겁 먹이고 얼러서 조선 사람이 만주 땅을 못 사게 하더니, 요번에는 뙤놈군대가 조선 독립군을 잡게 만들었당게라. 얼마나 고약스러우면 그 용맹스런 홍범도 부대가 장백현으로 이동혔다가 거기서 또 딴데로 떴겄소? 고것만이 아니구만이라. 그동안 죽어라 못 쓰는 땅뒤집고 엎어 소출이 제대로 나는가 헝게 뙤국 놈 임자라는 것이

떡허니 낯짝 내밀면서 소작료를 내라고 안 허요?"

공허는 암담했다. 송수익이 괜히 먼 길을 떠났을 리 없었다. 만주 땅에도 추위보다 더한 시련이 겹겹이었다. 공허는 무심결에 한숨을 내쉬었다.

16

음지의 길

"이보시오, 이보시오."

"삼봉이 엄니 계시오?"

여자들의 카랑카랑한 목소리와 함께 대문 두들기는 소리가 울렸다.

"거기 누구다요?"

보름이가 문고리를 벗기자마자 대문이 벌컥 열리고 두 여자가 들이닥쳤다.

"헹, 왜식집에서 아주 호강 날라리판이 났구나야."

"옳아, 저년 낮짝이 남정네들 홀리게 해반닥허니 생겨 먹었구만 그랴!"

보름이는 가슴이 와르르 무너져 내리고 무릎이 휘청 꺾였다. 독 오른 두 여자가 장칠문의 아내와 그녀의 동생이라는 것을 알아차린 것이었다.

"아 언니, 뭐 허고 있능가! 저년 해반닥헌 낯짝을 다 쥐어뜯어 놔야제."

한 여자가 독살스럽게 쏘아 질렀다.

"야 이년아! 니가 어디라고 내 서방을 홀리냐?."

여자가 보름이의 머리채를 사정없이 낚아챘고, 보름이는 땅바닥에 고꾸라졌다.

"아니구만이라, 지가 그런 것이 아니구만이라."

반항도 하지 않고 보름이는 그저 울먹이며 빌었다.

"워메, 엄니, 엄니……."

뒤늦게 방에서 나온 삼봉이가 숨넘어가게 엄마를 부르며 보름이의 머리채를 잡은 여자의 치마를 잡고 늘어졌다.

"요런 빌어먹을 놈의 새끼가!"

여자가 삼봉이를 사정없이 내쳤다.

어린 삼봉이는 돌멩이 구르듯 하며 자지러지게 울음을 터뜨렸다.

"삼봉아! 삼봉아!"

보름이가 울부짖으며 두 여자의 손아귀에서 벗어나려 했다.

"하, 이년 보소. 기운 쓰네."

"아주 죽여라, 죽여!"

두 여자는 보름이를 마구 두들겨 패기 시작했다. 주먹으로 치고 손톱으로 할퀴고 발로 밟고 정신이 없었다.

두 여자가 할 말 못할 말 다 쏟아 놓고 돌아가자 보름이는 아픈 몸을 끌고 방으로 들어섰다. 울다 지쳤는지 아들은 달팽이처럼 웅크리고 잠들어 있었다. 그 모습을 보자 참았던 울음이 터졌다. 어쩌다 이 꼴이 되었는지 기가 막혔다.

장칠문의 손길은 어떻게 피할 도리가 없었다. 그는 몇 번을 찾아와 고생하지 말고 자기와 살림을 차려 팔자를 고치라고 꾀었다. 그때마다 아이를 핑계 삼아 고개를 저었다. 그러던 어느 날, 일을 끝내고 나오는데 장칠문이 앞을 막았다.

"조사헐 것이 있응게 가자!"

"무슨 조사여라우?"

"여기서 치마 까올려 속곳 바람이 돼도 좋다 그것이여!"

보름이는 눈앞이 캄캄해졌다. 치마만 들치면 모든 것은 끝장이었다. 아들과 판석이 아저씨의 얼굴이 스치고 지나갔다.

장칠문이 끌고 간 곳은 경찰서가 아니라 일본 사람이 하는 여관이었다.

"니 손으로 치마 걷어 올려!"

장칠문이 버티고 서서 명령했다.

“잘못혔구만이라우.”

보름이는 두 손으로 얼굴을 감싸며 다다미 바닥에 무릎을 꿇었다.

“뻘떡 일어나서 치마 걷어. 목을 치기 전에!”

장칠문은 옆에 찬 니뽄도를 반쯤 뺐다가 힘껏 밀어 넣었다.

보름이는 소스라쳐 일어나며 치마를 걷어 올렸다. 속곳 아랫배짬에 달린 두 개의 주머니가 불룩했다. 고개를 깊이 떨군 채 보름이는 차라리 죽고 싶다고 생각했다.

“요렇게 한밑천 잡을 셈으로 나를 마다혀? 그려, 니년허고 손판석이 놈을 10년씩만 감옥살이허게 혀 주제.”

“아, 아니구만이라. 판석이 아재는 아무 죄도 없구만이라.”

보름이는 고개를 치켜들며 다급하게 말했다.

“잡소리 말어. 따지고 보면 니보다 손판석이 더 느자구없는 놈이여. 도적을 지켜야 될 놈이 도적질을 시킨 것잉게. 고런 놈은 콩밥 먹이기도 아까우니 당장 죽게 만들 참이여.”

“아이고, 시키는 대로 다 헐 것잉게 이 일을 덮어 주시씨요. 무슨 일이고 다 헐 것잉게…….”

보름이는 애가 달아 두 손을 맞비볐다. 눈에는 눈물이 그렁그렁했다.

“그 말 참말이여?”

"야아……."

"그럼 당장 나허고 살림 차리겄어?"

"……."

"이년, 금세 거짓말이시!"

"야아……."

보름이는 입술을 깨물며 대답했다. 절대로 판석이 아저씨까지 곤욕을 치르게 할 수는 없었다. 눈물이 주르륵 흘러내렸다.

보름이는 집으로 돌아와 부안댁을 불러내 그 말을 했다.

"아이고메, 고런 징헌 놈이 또 있을꼬? 사람을 옴지락 딸싹 못허게 몰아쳐 버렸구마. 이 일을 어쩐댜?"

부안댁은 보름이의 손을 잡고 울먹거렸다.

다음 날 손판석이 쌀 창고에 나가고 얼마 지나지 않아 장칠문이 찾아왔다.

"어이 손판석이, 어저께 일어난 일 다 들었제? 니놈이 헌 짓거리를 따로 떼서 잡어들이면 니놈 모가지가 제까닥 땅바닥에 구르게 헐 수가 있어. 헌디, 보름이가 애걸복걸혀서 없었던 일로 덮을 것잉게 그 답례로 니놈이 헐 일이 있어. 앞으로 아무도 모르게 여기 부두 돌아가는 일을 보고혀."

장칠문은 알겠냐는 듯 담배 연기를 손판석의 얼굴에 확 내뿜었다.

손판석은, 끄나풀이 되는 게 바로 이런 것이로구나 싶어 가슴이 섬뜩해졌다. 그리고 송수익 대장이며 공허 스님이며 수많은 사람들의 얼굴이 떠올랐다.

"어쩌겄어? 허겄어, 못허겄어?"

장칠문의 눈째가 더 고약해졌다.

당장 목숨을 건져야 했다. 일단 대답해 놓고 수틀리면 줄행랑을 치면 그만일 것이었다.

"야아, 시키는 대로 허겄구만이라."

손판석은 힘주어 말했다.

"되았어. 내가 연락헐 때까지 찍소리 내지 말고 기다려."

장칠문은 궐련을 내던지며 돌아섰다.

점심나절에 어김없이 서무룡이가 건들건들 휘파람을 불며 나타났다.

"아니, 보름이 어디 갔소?"

창고 안을 둘러보던 서무룡이 물었다.

"안 나왔다네."

"안 나와라? 어디 아프다요?"

서무룡이의 목소리가 급해졌다.

"자네도 인제 그리 속 타고 애달 것 없게 되았구만."

"뭣이요? 누구 딴 놈이라도 생겼소?"

서무룡의 얼굴이 싹 변했다.

"보름이가 꼼짝없이 당했구만."

"워메 환장허겄네! 그놈이 누구요!"

서무룡이 두 주먹을 부르쥐며 악을 썼다.

"장 순사가 임자 되야 부렀네."

손판석은 중얼거리듯 말했다.

"장, 장칠문이 말이다요!"

서무룡이는 부르르 떨었다.

"그런 눈치가 비쳤으면 얼렁 일러 줘야 헐 것 아니겄소?"

"나도 보름이가 당허고 나서야 안 일이여. 누가 또 보름이를 노리는지도 모르고 헛바람만 몰고 댕긴 자네가 헛짜제."

손판석은 서무룡을 추궁하듯 말했다. 그렇게 말을 막아 일의 내막이 드러나지 않게 하기 위해서였다. 쌀 문제를 서무룡이 알아 좋을 게 없었다.

"내가 기어코 그놈을 죽이고 말겄소."

서무룡이 이빨을 뿌드득 갈며 내뱉었다.

장칠문이 보름이와 시내를 걷다가, "아니, 저것이 누구여. 계장님, 계장님!" 하고 소리쳤다.

"어 장 순경, 어쩐 일이야?"

일본 순사가 건성으로 경례를 받으며 자전거를 장칠문 쪽으로 돌렸다.

"옛, 마누라하고 잠깐 어디 가는 중입니다."

장칠문은 뒤에 서 있는 보름이의 팔을 잡아끌었다.

"가만있자…… 자네 아내가 저리 생겼던가?"

작은 몸피에 눈째가 고약한 순사가 보름이를 유심히 보며 고개를 갸우뚱했다.

"아, 역시 계장님은 눈이 밝으십니다. 얼마 전에 첩을 하나 얻었습니다."

언젠가 역전에서 슬쩍 보고 지나친 마누라와 구별하는 계장의 기억력에 감탄하며 장칠문은 이렇게 말했다.

"하, 아주 미인 아닌가?"

계장은 가늘게 뜬 눈으로 보름이를 다시 살펴보고는, "저런 미인을 얻었으니 자네가 한턱내야겠군." 하며 장칠문에게 환한 웃음을 보냈다.

"계장님께서 원하시기만 하면 한 상에 20원짜리 아니, 30원짜리라도 차리겠습니다."

계장의 갑작스러운 말에 장칠문은 좋아서 어쩔 줄 몰랐다.

"이 사람아, 첩을 얻었으면 집도 새로 장만했을 테니 자네 집에서 한턱내라니까."

"예, 며칠 새로 모시도록 하겠습니다."

장칠문은 황송한 몸짓을 지었다.

"좋아, 그럼 기다리도록 하지."

계장은 자전거를 몰며 다시 보름이를 빠르게 훑었다. 장칠문이는 계장의 등 뒤에 대고 힘차게 거수경례를 올려붙였다.

보름이는 사흘 뒤에 손님상을 차려야 했다. 장칠문이가 잘 차려야 한다고 곱씹는 바람에 부안댁까지 불러와야 했다.

"이거, 집이 너무 좋구만. 자네 순사질하면서 사람들 등 어지간히 쳤군그래."

장칠문과 함께 대문을 들어선 계장이 집을 둘러보며 내뱉었다.

"천만의 말씀입니다, 계장님. 제 아버지가 돈이 많은 걸 계장님도 아시지 않습니까?"

장칠문은 펄쩍 뛰었다.

"아 참, 그렇지. 내가 깜빡했군."

계장이 웃으며 고개를 끄덕거렸다.

"어허, 손님 대접이 이래서야 쓰나? 술은 여자가 따라야지."

술상 앞에서 술 주전자를 드는 장칠문을 꼬나보며 계장이 언짢아했다.

"예, 잠깐만 기다리십시오. 곧 불러오겠습니다."

장칠문은 허둥지둥 방을 나갔다.

보름이는 당장 죽일 것처럼 눈에 불을 켜는 장칠문 앞에서 빠져나갈 구멍이라고는 없었다.

보름이는 외간 남자에게, 그것도 일본 사람에게 난생처음 술을 따랐다. 보름이는 계장이 무슨 구경거리인 듯 얼굴을 자꾸 보는 것을 견디기 어려웠다. 그런데 장칠문은 계장이 따라 주는 술을 감지덕지 받아 마시면서 그저 싱글벙글할 뿐이었다.

보름이는 그런 장칠문이 서운하지 않았다. 어차피 그와는 남남일 뿐이었다.

그 뒤로 장칠문이는 더 활기차게 칼집 울리는 소리를 내며 돌아다녔다. 그런데 한 열흘쯤 지났을까? 장칠문은 동료 순사한테 뜻밖의 소식을 들었다.

"자네 장수군으로 전출된다면서?"

"뭐라고? 그 말 어디서 들었나?"

얼굴이 창백하게 굳어진 장칠문이는 상대방에게 대들 듯이 눈을 부라렸다.

"경찰서 안에서 들었지. 전출이야 언제든 있는 일인데 뭘 놀라고 그래?"

"모르는 소리 말어. 자넨 장수가 어떤지 몰라서 하는 소리야?"

장칠문은 꺼지라고 한숨을 내쉬었다.

"정 싫으면 비밀리에 계장님을 찾아가 사정해 보게."

순사가 귓속말로 속삭였다.

"계장님 찾아가서 무슨 효력이 있을까?"

장칠문이도 의문스러워했다.

"이봐, 관공서 일이란 실무 담당자가 최고라는 걸 관공서물 먹고살면서도 모르나? 우리 같은 말단들 신세는 계장님 손끝에서 오락가락한다구."

그 순사는 어린애 일깨우듯 장칠문의 어깨를 툭툭 쳤다.

"그래, 자네 말이 맞네. 내가 마음이 급해서 그만……."

장칠문은 마음이 환히 밝아지면서 환하게 웃었다. 계장이면 문제없다는 자신감이 넘쳐 미처 속마음을 감출 겨를도 없었다.

"아부지, 뭉텡이돈 좀 주씨요."

상점으로 들어선 장칠문이 다짜고짜 말했다.

"무슨 넋 빠진 소리여? 니가 나헌티 맡겨 놓은 돈 있더냐!"

장덕풍이 버럭 소리를 질렀다.

"내가 장수로 쫓겨 가게 생겼단 말이오!"

"뭣이여? 장수로!"

장덕풍은 놀라 벌떡 일어서더니, "죽어 송장이나 가는 무진장으로 쫓겨 가서는 안 되제." 하고 잘라 말했다.

장덕풍이 말한 무진장이란 무주·진안·장수를 가리키는 것이었다. 그 세 곳은 산이 많고 농토가 적어 사람이 살기 고달픈 데다, 예부터 무슨 변란이 일어났다 하면 결국에는 그 산골짜기로 밀려

들다가 사람들이 수없이 죽었다. 갑오년에 농민군이 그랬고, 몇 년 전 의병 전쟁 때도 마찬가지였다. 그래서 사람들은 무진장을 사람 살 곳이 못 된다고 접어 두고 있었다.

장칠문은 날이 어두워진 뒤에 돈 봉투를 가지고 계장을 찾아갔다.

"자네가 이 밤중에 어쩐 일인가?"

계장은 거만하고도 냉정했다. 술을 마실 때의 풀어진 모습은 찾을 수 없었다.

"예에…… 저어……."

무릎을 꿇고 앉은 장칠문이는 기가 질려 무슨 말부터 꺼내야 좋을지 몰랐다.

"이봐, 찾아온 용건이 있을 게 아닌가? 피곤하니까 빨리 말해."

자신이 던진 투망에 걸려든 장칠문을 눈 아래로 깔아 보며 계장은 싸늘하게 말했다.

"계장님, 저를 장수로 보내지 말아 주십시오."

"나한테 그럴 힘이 있어야 말이지."

"아이고 계장님, 저 좀 살려 주십시오. 계장님 손에 달려 있지 않습니까?"

장칠문은 얼른 돈 봉투를 꺼내 놓았다.

"이것 치우게. 난 돈 욕심 없어."

계장은 발끝으로 봉투를 밀어 버렸다.

“계장님, 사, 살려 주십시오.”

“이 사람아, 누가 살려 주지 않겠다고 했나? 난 돈 욕심이 없으니 딴것을 생각해야지.”

‘딴것? 딴것?’

칠문은 혼란에 빠지고 말았다.

그러다가 보름이의 얼굴이 퍼뜩 떠올랐다.

‘그건 안 돼!’

장칠문은 마음속으로 저항했다. 그러나 보름이를 놓치지 않으려면 산골에 처박혀야 했다.

‘이 일을 어쩌면 좋단 말인가…….’

장칠문은 앞뒤가 막혀 고개를 떨구었다.

“됐어, 장수로 가게.”

계장이 니뽄도를 내려치듯 말했다.

“아, 아닙니다. 바치겠습니다.”

17

두 조각 난 배

불빛이 밝은 방에서 남자와 여자가 싸우는 외침이 뒤엉키고 있었다.

"네까짓 년이 뭔데 밤중까지 싸돌아댕기면서 밥도 안 해 놓고 염병이냐, 염병이."

"욕하지 마. 왜 욕이야, 욕이. 이승만 박사님이 일을 시키니까 늦었지."

"또 이승만 박사 타령이여? 그 사람 이름만 대면 다 되는 줄 아냐?"

"당연하지. 그분 아니면 누가 국민회 부정 사건을 밝혀냈겠어? 이승만 박사님은 우리 동포들 앞길을 열어 나가는 가장 양심 바른 분이야."

"그 인종은 박용만 선생을 욕하고 국민군단을 없앨라고 허는 못된 종자여."

"무식하면 말이나 말지 이 박사님한테 왜 욕해, 왜 욕해!"

"뭣이여, 무식혀!"

"아야야야, 왜 때려 이놈아, 왜 때려……."

"어이 용석이, 문 따소. 나여, 영근이."

방영근이 남용석의 방문을 흔들었다.

문을 연 것은 머리카락이 헝클어진 말녀, 아니 선미였다. 그녀는 이름을 바꾼 것처럼 머리도 진작 서양식으로 짧게 잘랐다.

"어서 오세요. 글쎄 내가 좀 늦게 들어왔다고 저 사람이 또 시비를 붙고 야단이에요."

선미가 한달음에 쏟아 놓은 말이었다. 남편의 편인 방영근의 말을 막자는 의도였다.

"아직도 밥 못 먹었능가?"

방영근은 자리를 잡고 앉으며 남용석에게 물었다.

"내 신세가 이리 되았네."

남용석이 헛웃음을 치며 쓰게 웃었다.

"아니, 동포들을 위해 일하느라 늦은 건데 배고프면 해 먹으면 되잖아요? 밥 한 끼가 뭐가 그리 중해요?"

선미는 파르르 성질을 부리며 싸늘하게 내쏘았다.

"아니, 저런 염병헐 년이 아직도!"

남용석이 눈을 부릅뜨며 재떨이를 치켜들었다.

"아서, 아서, 자네가 참소."

방영근은 두 팔을 벌렸다.

"나도 무식헌 놈이지만 한마디 허겄소. 밥 한 끼니가 뭐 그리 중허냐고 혔는디, 우리겉이 몸뚱이 부려 먹고사는 사람들헌티는 중허고 말고라. 거기서 말허는 것 듣자니 이승만 박사가 허는 일은 중허고, 우리겉이 몸뚱이 굴리는 일은 아무것도 아니다 그런 말인디, 아주 잘못된 말이오. 이승만 박사가 학교를 세우고, 잡지를 내고, 먹고사는 돈이 다 어디서 나온 것입디여? 다 우리 겉은 무식쟁이들이 뼥다구가 녹아내리게 일혀서 성금으로 낸 돈이다 그것이오. 우리가 눈 딱 감고 성금 안 내면 학교고 잡지고 다 문 닫아야 된다 그것이오. 서방 밥을 굶겨도 괜찮다는 말은 어디 내놔도 편들 사람 하나 없구만이라."

선미를 쏘아보는 방영근의 눈이 싸늘했다.

"누가 밥을 굶겨요? 좀 늦게 들어와서 하려고 하는데 저쪽에서 그새를 못 참고 싸움을 걸었지요."

선미는 파르르 성질을 내며 내쏘고는 방문을 쾅 닫고 나갔다.

"아이고, 예배당으로 학교로 싸돌기 시작헐 적에 주저앉히지 못헌 내 잘못이제."

남용석이 긴 한숨을 토해 냈다.

"어째 아그도 안 생기는고?"

"아이고, 징헌 소리 말어. 더는 안 살 참잉게."

남용석이 불쑥 내놓은 말이었다. 방영근은 뭐라고 할 말이 없었다. 남용석은 그동안 몇 차례나 헤어지는 게 어떨까 하는 뜻을 비치고는 했다.

방영근은 방으로 돌아와 자신이 선미와 부부가 되었더라면 어땠을지 생각해 보았다. 남들이 못한 신식 공부를 했다니까 말끝마다 영어를 섞어 가며 잘난 척하는 것이야 그렇다 쳐도 성질 급하기가 불길이고, 성깔 억세기가 대꼬챙이였다. 게다가 돈 한 푼 벌어 오지 못하면서 학교 일을 한다며 날마다 밖으로 나돌았다.

농장 일은 죽어도 못한다면서 일자리를 구한 곳이 이승만 박사가 운영하는 여학교였다. 그 소식을 듣고 남편 남용석은 물론이고 주변 사람들도 눈살부터 찌푸렸다. 왜 하필이면 이승만 박사가 하는 학교냐는 것이었다.

그즈음 이승만은 자신이 펴내는 《태평양》 잡지에 박용만이 이끄는 국민군단을 맹렬히 비난하는 글을 실었다. 적은 병력으로 일본을 물리친다는 것은 전혀 가망 없는 철부지 짓이다, 박용만은 불필요한 일에 동포들이 피땀 흘려 번 돈으로 비축한 국민회

경비를 없애고 있다, 조선의 독립은 그런 짓으로 되는 것이 아니라 먼저 무식한 동포들을 교육시켜 독립할 준비를 하면서 대국인 미국의 힘을 빌려야 한다, 그러므로 국민군단을 해산해야 한다는 내용이었다.

이승만의 난데없는 비난은 삽시간에 동포들 사이로 퍼졌다. 농장마다 잡지가 돌고, 사람들을 모아 놓고 글을 깨친 사람이 큰 소리로 읽어 내려갔다.

국민군단의 창설에 큰 보람을 느끼고 있던 사람들은 놀라고 당황했다. 병영 막사와 연병장을 단 두 달 만에 완성한 것도 서로 다투어 부역에 나섰기 때문이고, 후원부대원 200명을 모집하는데 600여 명이 몰린 것도 국민군단을 믿는 마음이 모아진 것이었다. 그런데 다른 사람도 아닌 이승만 박사가 국민군단을 없애야 한다고 하니 사람들은 어리벙벙해서 혼란에 빠질 수밖에 없었다.

박용만은 국민회에서 발간하는 《신한국보》를 통해 이승만에 맞섰다. 나라를 빼앗긴 것이 조선 백성들이 무식해서인가 아니면 나라의 무력이 약해서인가. 두말할 나위 없이 그것은 나라의 무력이 약했기 때문이다. 나라의 힘은 왜 약해졌는가. 나라를 다스리는 벼슬아치들이 사리사욕에 눈이 멀어 부패하고 타락했기 때문이다. 이런 엄연한 사실을 두고 망국의 책임을 어찌하여 백성의 무식함으로 돌리려 하는가. 또한 백성이 무식해서는 나라를 되찾을 수 없다는 말은 절대 용납할 수 없다. 치욕의 을사조약 이후 온 나라에서 불길처럼 일어난 의병들을 보라. 그들 중에 유식한 양반이 더 많았던가, 무식한 백성이 더 많았던가. 무식한 백성들이 열 배가 더 많았고, 끝까지 싸우다 죽어 간 사람들도 무식한 백성이었다. 무력을 휘두르는 자들은 무력이 아니고서는 물리칠 수가 없다는 진리를 명심해야 한다. 왜놈의 무력 앞에 무력으로 맞서지 않고는 나라를 되찾을 그 어떠한 방도도 없다. 무식한 동포들을 교육하면서 독립을 준비하자고 하나, 교육이란 하루 이틀에 되는 것이 아닐뿐더러, 우리가 교육으로 세월을 보내는 동안 왜놈들은 우리 동포들의 피를 빨아 더욱 강대해질 뿐이며 우리 동포들은 핍박 속에서 갈수록 허약해질 뿐이다. 물론 교육은 중대하다. 그러나 교육이 조국의 독립을 위한 최선의 방책일 수는 없다. 무력을 키우면서 동시에 교육을 해 나가면 되는 것이다. 그리고 미국의 힘을 빌려 독립을 하겠다는 것이야말로 얼마나 허황된 망상인가. 우리에게 독립은 발등에 떨어진 불이지만 미국에게 조선의 독립은 강 건너 불일 뿐이다. 미국은 일본과 사이가 나빠지지 않는 범위 안에서 우리에게 약간 협조할지는 모르지만, 전적으로 미국의 힘을 빌려 독립을 하겠다 함은 어리석기 짝이 없는 몽상일 뿐이다. 그리고 국민군단은 더 이상 동포들의 돈을 모금하지 않게 되었다. 병사들은 국민회가 확보한 파인애플 농장에서 낮에는 일하고 밤에는 훈련받으며 자립해 가고 있기 때문이다.

박용만의 반박이 실린 신문이 다시 농장마다 퍼져 나갔다. 사람들은 그 내용을 듣고서야 그런대로 혼란의 가닥을 잡을 수 있게 되었다. 그런데 동포들 사이에서는 뒷소문이 무성하게 퍼져 나갔다.

"이 박사가 박 선생 자리를 탐내서 훼방 놓는 것이라면서?"

"그렇다는군. 태평양 잡지를 따로 낸 것도 박 선생 신문사 자리를 탐내다가 안 되니까 그랬다지 않나."

"외골목에 몰린 이 박사를 조선에서 하와이로 구해 온 사람이 바로 박 선생님이라면서?"

"그렇다카믄 이 박사가 배은망덕한 사람 아이가?"

사람들의 말은 어느 대목까지는 사실이었다. 미국에서 공부를 마친 이승만은 귀국해서 YMCA에서 지내고 있었다. 마땅한 일자리가 없었던 것이다. 그런 데다 미국에서 벌인 반일 강연을 문제 삼아 경찰에서 그를 체포하려 들었다. 그 소식을 전해 들은 박용만은 이승만에게 초청장과 여비를 보내 하와이에 오게 했다.

이승만이 뒤늦게 하와이에 자리를 잡았을 때 국민회는 이미 터가 잡혀 있었다. 간부직도 자리가 다 차 그가 비집고 들 틈이 없었다. 그러자 그는《태평양》잡지를 만들어 국민회를 비판하기 시작했다. 그러다가 마침내 국민군단이 필요 없다는 공격을 하게 된 것이었다.

서로 생각이 다른 두 독립운동의 충돌은 그동안 뭉쳐 있던 동포 사회가 분열하는 계기를 만들었다. 그리고 동포들이 국민회를 의심하고 불신하게 하는 싹을 심었다.

그런데 이승만은 또 난처한 일을 저질렀다. 국민회가 총회관 신축 기금 모금을 시작하자 하필 똑같은 시기에 학교 설립 기금을 모금하고 나섰던 것이다. 하지만 회관 건축 기금은 5천 달러가 넘게 모였지만 학교 설립 기금은 거의 모이지 않았다. 이중 부담이 버거운 동포들은 일을 차례로 하기를 바랐던 것이다.

이승만은 모금에 실패하자 교육사업의 필요성을 역설하며 국민회가 사 놓은 땅을 희사하라고 요구했다. 그가 내세우는 명분 앞에서 국민회 간부들은 그 땅을 내놓기로 결정했다.

그러자 이승만은 한술 떠 떠서 그 땅을 자기 이름으로 해 달라고 요구했다. 이 요구는 당연히 거부되었다. 이승만은 그 땅을 처분해서 국민회와 연관되지 않는 독자적인 학교를 세울 속셈이었던 것이다.

그 계획에 실패한 이승만은《태평양》잡지를 통해 한인의 학교를 동포들의 협조와 지원으로 새로 세우는 것은 조선 독립으로 가는 또 하나의 길이라고 절절히 호소했다. 동포들은 그 호소를 받아들여 교육 특별 성금을 모았고, 이승만은 그 돈으로 릴리하 스트리트에 여학교를 짓고 태극기를 게양했다. 마침내 이승만은 꿈을 이룬 것이었다.

그런데 이승만은 또 하나의 사건을 터뜨렸다. 신축된 국민회관의 건축비 부정 사건이었다. 그 소식은 삽시간에 동포들 사이에 퍼지면서 원성과 지탄의 소리가 일어났다. 국민회를 믿었던 만큼 배신감도 컸던 것이다.

국민회는 긴급히 조사에 나섰다. 조사 결과는 재정 의원과 지출 계원이 2,400달러 정도를 횡령한 것으로 드러났다.

이승만은 기회를 놓치지 않고 《태평양》 잡지에 국민회를 공격하는 성명서를 발표했다. 이에 맞서 《신한국보》가 이승만의 과장과 선동을 지탄했다. 그러나 이승만 지지자들은 날로 늘어났고 동포 사회는 뚜렷한 분열을 보였다.

이런 분위기 속에서 국민회는 긴급 대의원 총회를 열었다. 그런데 회의에 참석한 대의원들 중에는 이승만 지지 세력이 더 많았다. 이승만은 그동안 세력을 확대해 온 데다 회의에 그 세력을 적극적으로 동원했던 것이다.

이승만 지지 세력은 국민회 간부의 전원 교체와 부정 관련자 처벌을 주장했다. 양측은 공방을 거듭하면서 회의를 며칠째 계속했다. 그러던 어느 날 회의가 잘 진행되지 않자 의장은 정회를 선

포했다. 의장도 퇴장하고 대의원들도 흩어졌다.

그런데 이승만 지지자들은 그 기회를 이용해 자기들끼리 회의를 열어 새로 임원을 뽑았다. 이 기습 작전으로 이승만은 마침내 국민회를 장악했다.

이승만은 해임된 총회장 김종학에게 그의 부하 직원들이 착복한 회비를 변상하라는 결정을 내렸다. 그리고 공금횡령으로 김종학을 법원에 고소했다. 김종학은 구속되었고, 미국 법원은 벌써 3개월째 그 사건을 조사하고 있었다.

"이 박사가 너무 과한데? 김 회장님한테 쇠고랑까지 채우다니."

"이번에 야무지게 처리해야 다시는 그런 일이 안 생기지."

"그래도 회장 자리 쫓겨나고 돈을 물어내는 것으로 감독 잘못한 죄닦음이야 다 된 것 아니야? 근데 또 징역살이까지 시키는 것은 너무 몰인정하지."

"조선 사람 사이에 일어난 일을 미국 재판소에 넘겨 미국 사람들한테 조사를 받으니 이게 무슨 망신이야?"

사람들의 입씨름은 계속되고 있었다.

그 일이 있고 나서 이승만이 세운 여학교에 나다니는 선미의 기세도 드세졌다. 선미는 그전부터 말녀라는 이름을 이승만 박사가 선미로 바꿔 주었다며 이승만과 가깝다는 것을 내세우려 들었다. 그러나 주위 사람들은 이름을 이승만이 지어 주었다는 것을 믿지 않았다. 왜냐하면 선미는 학교에서 사무를 본다고 으스댔지만 알고 보니 그저 허드렛일을 할 뿐이었다.

"참, 사람 환장헐 일이시."

다음 날 아침 일터로 나가며 남용석이 분이 끓는 얼굴로 한숨을 토해 냈다.

"왜 또 환장을 혀?"

방영근이 눈총을 쏘았다.

"아 글쎄, 내가 갈라서자니께 그 뻔뻔헌 것이 뭐라는지 아능가? 정 갈라설라면 평생 먹고살 위자료를 다달이 내놓겄다는 서류를 꾸미게 재판소로 가자는 것이여."

"자네가 뭘 잘못혔다고 돈을 물어 줘!"

방영근이 버럭 소리를 질렀다.

"그 잘난 것이, 미국 법대로 재판소에 가서 따지자는 것이여."

"허허, 이승만이헌티 배운 것이 재판소에 가서 따지는 것이로구만."

방영근은 하늘을 쳐다보며 헛웃음을 쳤다.

며칠이 지나 김종학 회장이 무죄 판결을 받고 석방되었다. 미국 법정은 그 돈이 공금횡령이 아니라 회관 건축에 따른 교제비와 사고 해결비, 잡비로 쓰였음을 밝혀낸 것이었다.

그런데 며칠 뒤에 더 큰 소식이 사람들을 소스라치게 했다. 무죄로 석방된 김 회장이 억울함을 견디지 못해 권총으로 자살했다는 것이었다. 그는, 이승만은 동포 사회를 이간시키고 분열시키는 민족의 야비한 역적이라는 내용의 유서를 남겼다.

동포들은 그때서야 이승만이 무슨 일을 꾸며 왔는지 깨달았다. 사람들은 또다시 혼란을 겪으며 이승만에게 쏠렸던 마음을 되돌려야 했다. 그러나 이미 이승만 세력이 장악한 국민회를 어찌할 수는 없었다.

이승만에게 배신감을 느끼며 허탈해 있는 사람들에게 다행한 소식이 전해졌다. 병원으로 옮겨진 김 회장이 가까스로 목숨을 건졌다는 것이었다. 총알이 볼과 턱뼈를 꿰뚫고 나갔던 것이다.

그런 소용돌이 속에서도 국민군단 단장 박용만은 묵묵히 군사 훈련에만 전념했다. 이승만이 기습적으로 국민회를 장악한 다음부터 박용만은《신한국보》에 글을 쓰는 것을 중단하고 침묵했다. 그는 안타까워하는 주변 사람들에게 조용히 말하곤 했다.

"너무 걱정들 하지 마시오. 진실은 꼭 밝혀집니다."

그는 곧 대한국민회 중앙총회 임원 취임식이 열리는 샌프란시스코로 떠났다.

대한국민회는 본회 아래 네 개의 지방총회로 구성되어 있었다. 하와이 지역, 샌프란시스코 지역, 시베리아 지역, 만주 지역이 그것이었다. 그 네 조직을 총괄하는 것이 본회인 중앙총회였다. 박용만은 이 중앙총회의 부회장으로 선출되었던 것이다.

국민회에서 밀려난 간부들은 자신들의 결백이 입증된 데다가 박용만까지 중앙총회 부회장으로 선출되자 활기를 되찾았다. 국민군단의 훈련병들도 사기를 되찾았다. 그동안 이승만의 영향력이 커져 국민군단이 해산 당할지도 모른다는 우려가 없지 않았던 것이다.

그런데 그중에서도 가장 기가 펄펄 살아난 것이 후원부대원 남용석이었다.

"아이고, 속 시원헌 거! 이것아, 이래도 이승만이 그 잡것이 옳고 국민회 사람들이 다 도적놈이야! 죄 없는 사람 모함헌 이승만이는 천하에 못된 물건이고, 니년도 죽일 년이여!"

그날 밤 남용석은 기세등등해서 선미가 집에 돌아오자마자 이렇게 외쳐 대며 선미의 머리채를 잡고 패대기를 쳤다.

"아야야야…… 사람 죽이네."

선미의 날카로운 비명이 어둠 속에 퍼졌다. 그러나 방영근은 누워만 있었다. 방영근뿐만 아니라 다른 사람들도 누구 하나 싸움을 말리지 않았다.

다음 날 남용석은 방영근이네로 아침밥 좀 달라며 들어섰다.

"체, 또 아침밥 안 해 주겠다던가?"

누군가의 떫은 목소리였다.

"궁금허면 가 보소. 아주 아침밥을 못허게 만들어 부렀응게."

남용석이 뚱하게 대꾸하며 자리 잡았다.

"그리 심허게 해서 괘안컸노?"

"안 괘안으면 지가 우짤 끼고?"

방영근이 경상도말을 흉내 냈다.

"그 여자 법 좋아 안 하나? 법으로 따지자 카믄 우짤라꼬?"

그들은 모두 웃음을 터뜨렸다. 그러나 그 농담은 농담으로 끝나지 않았다. 언제 집에서 나갔는지 모를 선미는 그날 밤 끝내 돌아오지 않았고, 이튿날 점심나절에 남용석은 일하다 말고 경찰에게 붙들려 갔다. 선미가 남용석을 폭행범으로 고발했다는 것이었다.

남용석은 풀려나지 못했고, 선미는 이혼을 제기했다. 결국 남용석은 선미가 원하는 대로 평생 동안 다달이 생활비를 물기로 이혼 서류에 서명하고 풀려났다.

박용만은 샌프란시스코에서 안창호와 함께 돌아왔다. 그는 중앙총회에서 하와이 국민회 사태를 보고했고, 안창호는 총회장으로서 지역회의 갈등을 해결하러 온 것이었다.

안창호는 국민회 간부들의 결백이 밝혀졌으니 모든 것을 되돌려 놓고 서로 단합해야 하지 않겠냐고 이승만을 설득했다. 그러나 이승만은 그 나름의 논리로 안창호와 맞섰다. 두 사람은 며칠에 걸쳐 만났지만 이야기는 제자리만 맴돌 뿐이었다.

결국 이승만의 꺾일 줄 모르는 주장 앞에서 안창호는 설득을 포기하고 말았다. 안창호는 아무 소득도 없이 하와이를 떠나야 했다. 아니, 한 가지 소득이 있다면 석 달 동안 이곳저곳 농장들을 찾아다니며 동포들을 격려하고 단합을 호소한 것이었다. 그러나 지도부가 분열된 상태에서 단합을 호소한다는 것은 설득력이 없다는 것을 도산 자신이 잘 알고 있었다. 그러나 도산은 그 모순된 노력이나마 게을리하지 않았다.

이승만파와 박용만파로 분열된 하와이를 뒤로하고 안창호는 쓸쓸하고 외로운 모습으로 배에 올랐다. 나라 잃은 또 한 해가 저물어 가고 있었다.

18

일본제 고무신

군산부청은 해변 쪽으로 젖무덤처럼 도도록하게 솟아오른 동산을 등지고 앉아 있었다. 그 자리는 먼 옛날 군산진 시절부터 멀리 앞바다를 감시하고 뱃길을 알리던 자리였다. 그 자리에 이순신 장군이 통솔하던 삼도수군이 배치되었던 것은 더 말할 것이 없었다.

부청이 있는 동산 뒤편 동백 숲 그늘에는 푸짐한 잔치 자리가 마련되어 있었다.

"부청 나리들이 오시는구만이라."

일본식 상고머리에 잠방이를 걸친 사내가 나이 든 기생에게 알렸다.

"다들 새타령을 읊어라."

나이 든 기생이 몸을 일으키며 젊은 기생들에게 일렀다.

젊은 기생들은 재빨리 줄을 맞춰 서서 장구 장단에 맞춰 〈새타령〉을 뽑았다.

"되았다, 날 더운디 무슨 새타령이냐?"

한 남자가 팔을 내저었다. 쓰지무라 뒤를 따르고 있는 그 남자는 바로 백종두였다.

"이쪽으로 앉으시지요."

나이 든 기생이 상글상글 웃으며 일본말로 쓰지무라에게 자리를 권했다.

"응, 그래. 백 회장님은 여기 앉으시오."

쓰지무라가 자기 옆에 백종두의 자리를 지정했다.

"아 예, 황송합니다."

허리를 굽실하는 백종두의 얼굴에 만족이 넘쳤다. 파면을 당하던 때의 참담하고 초라한 모습은 찾을 수 없었다.

"자, 다들 한잔씩 듭시다. 호남친화회가 발족한 오늘은 아주 뜻깊은 날입니다. 아까 발족식에서 보았다시피 부윤께서도 아주 흡족해하십니다. 이게 다 백 회장님 공입니다."

쓰지무라를 따라 모두 술잔을 들었다. 백종두의 얼굴은 더욱 벌겋게 상기되었다.

"앞으로 우리 일본 사람과 조선 사람이 형제애로 화목하게 지낼 수 있도록 간부 여러분이 애써 주기 바랍니다. 우리 부청에서도 적극 도울 것입니다. 자, 모두 쭈욱 마십시다."

그들은 모두 흡족한 얼굴로 첫 잔을 비웠다.

"자, 한 잔 받으시오."

쓰지무라가 백종두에게 잔을 내밀었다.

"아, 아닙니다. 제가 먼저 올려야지요."

백종두는 화들짝 놀라며 술잔을 사양했다.

"아니오, 이번 일에 백 회장의 공이 컸으니 내가 먼저 권하는 게 당연하오. 안 받으면 내가 섭섭해할 거요."

쓰지무라는 더없이 친근하게 웃으며 잔을 더 내밀었다. 그의 태도에서 백종두를 파면시킬 때의 서슬은 찾아볼 수 없었다.

"예, 알아주시니 황송합니다."

백종두는 정말 황송스러운 몸짓으로 술잔을 받았다.

술잔을 입술에 댄 백종두는 눈을 지그시 감았다. 그는 술잔을 천천히 기울이며 파면당한 충격에 서너 달을 앓아눕고, 정미소와 미선소 말고는 그 어느 곳도 찾아갈 데가 없던 그 외롭고 비참했던 때의 기억을 더듬고 있었다.

백종두는 정미소와 미선소에서 번 돈으로 죽산면의 농토를 사들여 하시모토에게 보복을 할까 생각도 했다. 하지만 그랬다가는 하시모토에게 또 무슨 보복을 되받을지 모를 일이었다. 정미소와 미선소를 바탕으로 더 큰 돈벌이에 나설까도 생각해 보았다. 큰 돈을 벌 자신은 있었다. 그러나 어딘가 마음 한구석이 텅 빈 듯 허전했다. 그 허전함은 권세에 대한 그리움이었다. 다시 관직을 얻지는 못하더라도 관청을 마음대로 드나들면서 권세를 업을 수만 있어도 체면은 서는 일이었다. 그런 위치를 확보하자면 관이 필요로 하는 어떤 단체의 장이 되어야 했다. 그러나 몇 개의 단체는 다 일본 사람들로만 이루어져 있었다.

'관이 필요로 하는 단체…… 그게 어떤 것이 있을까……?'

고심에 고심을 해도 떠오르는 것이 없었다. 그렇다고 쓰지무라를 찾아가 물어볼 수도 없는 노릇이었다.

그러던 어느 날 아들 남일이한테서 그 이야기가 나왔다.

"관청에서야 조선 사람들이 고분고분 말 잘 들으면서 일본 사람들허고 화평허게 지내는 뜻을 담은 단체를 바라겄제라."

아들은 그저 쉽게 말했다.

"그려! 고것 참말로 좋겄다."

백종두는 무릎을 쳤다. 그때 비로소 떠오른 것이 일진회였다. 일진회장 이용구의 권세가 그 얼마나 컸던가? 한때 그는 이용구를 부러워하기도 했었다.

백종두는 하룻밤 동안 생각을 다듬어 다음 날 바로 쓰지무라

를 찾아갔다.

"무슨 용건이오?"

쓰지무라는 냉랭하게 물었다.

"예, 친화회를 결성할까 해서요."

"친화회……?"

백종두에 못지않게 눈치 빠른 쓰지무라는 친화회란 한마디로 모든 것을 알아차렸다.

"아주 좋은 생각이오. 적극 환영이니 단체를 결성하도록 하시오. 명칭은 군산친화회가 어떻겠소?"

"글쎄요, 군산친화회라면 뜻이 좀 좁지 않습니까? 그보다 더 큰 뜻으로 호남친화회라 하는 것이 어떻겠습니까? 군산이 호남의 중심이라는 뜻도 되니까요."

백종두는 한술 더 떴다. 기왕 회장을 하자면 명칭이 거창할수록 좋다는 생각이었다.

"그거 좋은 생각이오. 그럽시다."

백종두는 그날부터 기가 되살아나서 바쁘게 돌아쳤다. 부청 가까이에 사무실 장만하랴, 사람들 끌어모으랴, 간부진 구성하랴, 발족식 준비하랴, 그렇게 열흘 가까이 보냈다. 적잖이 돈이 깨졌지만 아깝지 않았다. 다시 권세를 잡는 일이었고, 돈은 권세를 잡은 뒤에 더 많이 벌면 될 일이었다.

그리고 오늘 오전 회원을 200명쯤 모아 놓고 발족식을 열었고, 백종두는 호남친화회 회장으로 취임했다. 그러나 그보다 더 큰 감격은 발족식에 부윤이 행차했던 것이다. 부윤이 행차했으니 경찰서장이며 헌병대장이 뒤따른 것은 너무나 당연한 일이었다.

그러나 쓰지무라는 친화회 발족을 자신이 구상하고 추진하는 일로 결재를 받았다. 그렇게 해서 쓰지무라는 공을 인정받고, 친화회는 실제로는 부청의 사업이면서 겉으로만 조선 민간인들이 주도하는 사업이 되었다. 그러니까 백종두는 부청의 지시를 받는 하수인이고 허수아비인 셈이었다. 어찌 되었든 백종두는 다시 살아나게 되었다.

"여기 계신 다섯 분 중에서 경성 구경 못하신 분은 없겠지요?"

술기운이 얼굴에 발그레하게 퍼진 쓰지무라가 친화회 간부들을 둘러보았다.

"자네허고, 자네는 아직 경성 구경 못헌 신세제?"

백종두가 빠르게 두 사람을 손가락질했고, 그들은 무슨 죄라도 지은 양 기가 죽었다.

"하, 철도가 놓인 게 언젠데 친화회 간부쯤 되는 분들이 아직 경성 구경을 못했단 말입니까? 그래서야 대일본 제국이 조선 사람을 위해 철도를 놓은 뜻이 살아날 수 있겠습니까?"

쓰지무라는 자못 꾸짖는 것처럼 말하다가 허허 웃으며 "마침 잘되었습니다. 이번에 내가 다섯 분에게 경성 구경을 시켜드리겠습니다." 하고 꺼드럭거렸다.

"아니, 그게 무슨 말씀입니까?"

백종두가 어리둥절해서 물었다.

"뭐, 놀랄 것 없어요. 이번 9월에 총독부가 경복궁에서 조선물산공진회를 개최하는 건 다들 알고 있지요? 에에, 친화회 간부들의 노고를 치하하는 뜻으로 물산공진회에 맞춰 내가 여러분에게 경성 구경을 시켜드리겠다 그 말입니다."

쓰지무라는 사람들을 둘러보며 거드름을 피웠다.

"아이고, 영광입니다. 별로 한 일도 없는데 이런 영광을 베풀어 주시다니……."

백종두는 전혀 생각지 못했던 호의가 너무 고마워 그저 굽실거렸고, 다른 네 사람도 머리를 조아리고 또 조아렸다.

조선을 완전히 집어삼킨 지 5년 된 것을 기념해서 여는 물산공진회는 전국을 휩쓸고 있었다. 총독부에서 행정력을 동원해 조직적인 준비와 대대적인 선전을 하고 있었다.

물산공진회 개최는 그냥 들뜬 소문만이 아니었다. 동네마다 어떤 농산물이든 크고 굵은 것이면 일단 면사무소에 접수시키라는 것이었다. 억지로 시키는 일이 아니었다. 심사를 해서 출품이 결정되면 상도 주고 물산공진회 구경도 시켜 준다는 달콤한 유혹이 사람들을 살살 긁어 대고 있었다.

어느 날 지배인 요시다가 마음을 떠보듯 이동만에게 물었다.

"이 주임도 물산공진회 구경을 가고 싶겠지?"

"아 예, 지배인님께서 허락하신다면 모시고 다녀오고 싶습니다만……."

이동만은 솔직하게 대답했다.

요시다 밑에서 10년 넘게 일하면서 이동만은 그의 성격은 물론 마음의 갈피갈피까지 샅샅이 알게 되었다. 그러나 요시다도 자신을 잘 알기는 마찬가지라고 생각했다. 그래서 요시다 앞에서는 언제나 솔직해야 했다. 김제·만경 평야에서 가장 큰 농장의 주임 자리는 그 권세로나 실속으로나 면장도 부럽지 않았다. 요시다는 면장쯤은 아예 상대조차 하지 않았다. 그는 부윤이나 헌병대장과 술을 권커니 잣거니 하는 사이였다. 그러니 면장들은 자연히 자신의 차지가 되었다. 갈수록 재산이 불고 면장들도 마음대로 주무르는 주임 자리, 그 자리를 지키기 위해서라면 그는 요시다의 발바닥을 핥을 각오까지 되어 있었다.

"그래, 날 모시겠다는 자네 마음은 잘 알겠네만 그게 하루 이틀도 아니고……."

"예, 알겠습니다. 제가 사무실을 지킬 테니 마음 푹 놓으시고 편히 다녀오십시오. 농장이 중하지 구경이 중하지 않습니다. 저는 안 가겠습니다."

이동만은 요시다의 말을 듣고 경성 구경을 깨끗하게 포기했다.

"내 말은 내가 다녀온 다음에 자네도 다녀오라는 걸세."

"아닙니다. 저는 정말 구경 안 해도 괜찮습니다."

이동만은 굳은 태도를 보였다. 혹시 요시다가 자신을 떠보는 것인지도 몰랐던 것이다.

"그럴 것 없어. 곧 추수철이니까 사무실을 비우지 말자는 거야. 물산공진회는 자네도 구경해 두는 게 좋아. 견문을 넓힐 좋은 기회니까 내 말대로 해."

"예, 예, 분부대로 하겠습니다."

이동만은 두 번 세 번 허리를 굽혔다.

"그런데 한 가지 엄명할 게 있네."

"예, 말씀하십시오."

"농감들이 주제넘게 구경 가겠다고 나설 거네. 단 한 놈도 가지 못하게 엄명을 내리란 말야. 집을 비우는 놈들은 바로 잘라 버릴 테니까."

"예, 차질 없이 시행하겠습니다."

이동만은 그날부터 그의 전용 마차를 타고 농장 순시에 나섰다. 그는 긴 싸리 회초리로 뚝심 좋은 조랑말의 볼기짝을 갈겨 대며 거침없이 달렸다.

"지배인님께서 물산공진회에 가시게 되았네. 어르신 행차에 그냥 넘어가서야 아랫것들 예절이 아니겄제?"

농감들에게 하는 이동만의 말은 아주 노골적이었다.

"당연허제라. 근디 저…… 얼마나……."

"어험, 너무 많으면 그 어르신헌티 욕이 되고, 너무 적으면 체면을 깎는 것이고……. 똑같이 20원으로 허면 넘치지도 모자라지도 않겄는디, 어떤가?"

"야아, 아주 좋구만이라. 그리허제라."

어느 농감이고 흔쾌했다.

"허고, 지배인님 엄명인디, 농감들은 한 사람도 물산공진회 구경 갈 생각 말란 것이여. 추수가 얼마 안 남었응게 단단히 감독허라는 분부시구만!"

"하먼이라, 그러고말고라."

돈 뜯기고 구경도 못 가게 되고, 그러나 쓰린 속을 드러내는 농감은 하나도 없었다. 신선놀음인 농감 자리를 지키려면 눈치 빠르게 굴어야 했다.

"주임님께서도 경성에 행차허시제라?"

"이, 지배인님 다녀오신 다음에, 나 혼자 따로 뜨게 정해졌구마."

그 물음을 기다리고 있던 이동만은 '혼자 따로 간다'는 것을 강조했다.

"그럼 주임님 노자도 20원으로 장만허면 되겄능게라?"

"뭐, 나야…… 내가 뭐라고 허기는 뭐허고……."

이동만은 어물거리는 것으로 좋다는 대답을 하고 있었다.

한편, 정재규는 경성에 함께 갈 사람이 마땅찮았다. 그냥 한바탕 놀기로 마음먹자면 평소에 어울리는 노름벗이나 술벗은 얼마든지 있었다. 그러나 경성에 가서 막냇동생을 만나야 하는데 그런 난봉꾼들과 패를 짠다는 게 영 내키지 않았다. 그들을 빼놓고 보니 함께 갈 사람을 찾기가 더 난감했다. 정재규는 이리저리 궁리하다가 상규와 함께 경성에서 도규를 만나면 썩 괜찮을 것 같았다. 삼형제가 한자리에 모여 앉으면 그동안 틈이 벌어진 우애가 다시 맞붙게 될 것 같기도 했다.

정재규는 상규를 찾아갔다.

"나야 가난해서 그런 데 쓸 돈 없응게 성님이나 구경 많이 허고 오시오. 나야 만석꾼 되기 전에는 헛돈 한 푼도 안 쓸 참이구만요."

정색을 한 정상규의 말이었다.

"만석꾼?"

정재규는 어이없다는 얼굴로 동생을 보았다.

"어째, 헛소리로 듣기요? 여러 말 헐 것 없이 두고 보기나 허시오."

정상규는 야무지게 입을 훔쳤다.

"돈은 걱정 마라. 내가 다 댈 것잉게."

정재규는 그냥 돌아서기가 민망해서 이렇게 말했다.

"그럴 것 없소. 빚지고 살 맘도 없고, 왜놈들 잔치 구경헐 맘도 없응게."

정상규는 싸늘하게 고개를 돌려 버렸다.

'빚……?'

정재규는 동생에게 재산을 제대로 나눠 주지 않아 얼마나 큰 감정을 샀는지 새삼스레 깨달으며 그냥 돌아서고 말았다.

그즈음 서무룡이는 거의 날마다 패싸움을 벌이고 있었다. 그는 이미 서너 달 전부터 부두 노동판을 빠져나가 부두 일대와 군산역에 걸치는 주먹판에 뛰어들었다. 그는 오래전부터 주먹판에서 행세를 해 보고 싶은 유혹을 받아 왔다. 부두에서 쌀짐 지는 일을 할 때에도 늘 주먹판에 눈이 쏠려 있었다.

그러다가 느닷없이 끄나풀로 걸려들었고, 생기는 돈도 많고, 은근히 권세까지 부릴 수 있는 끄나풀 생활에 고소한 맛을 느끼고 있었다. 그러나 주먹 패의 '오야붕'이 되고 싶은 욕심은 변함이 없었다.

주먹깨나 쓰는 떠돌이들을 하나씩 모아 가며 기회를 노리던 서무룡은 보름이가 순사 계장 세키야의 손으로 넘어가는 일을 당하게 되자 그에게 맞설 수 있는 힘을 갖자는 엉뚱한 생각을 하게 되었다.

서무룡은 곧 주먹 패로 나섰다. 손판석이 말렸지만 듣지 않았다.

그러다가 그는 어느 날 밤에 헌병대로 끌려갔다.

"지가 허고 싶은 것이 주먹 패 오야붕이라서 그랬구만요. 오야붕질허면서도 시키시는 일이야 잘헐 수 있구만요."

서무룡은 또 바닷물에 던져질까 두려워하며 지껄였다.

"허 참, 별놈 다 보겠네. 하긴 몸도 탄탄한 게 쌈 좀 하게 생겼구만. 눈에 독기도 대단하고. 가만, 너 유도 초단하고 싸워서 이길 자신 있어?"

"검도 초단이면 대나무 칼 때문에 좀 고약스러워도 유도 초단이면 식은 죽 먹기제라."

"뭐라고? 좋아, 그럼 내일 유도 초단하고 싸워서 이기면 바라는 대로 해 주겠다."

"야아, 고맙구만이라."

"가만, 너 지금 졸개들이 몇이야?"

"여섯이구만이라."

"짜아식, 제법 많이 끌어모았네."

일본 헌병은 한결 누그러진 태도를 보였다.

서무룡은 다음 날 오후에 헌병대 무도장으로 끌려갔다. 거기에서 20여 명이 한창 유도 연습을 하고 있었다.

"저 사람이 유도 초단이야. 어디 싸워서 이겨 봐!"

연습하던 사람들은 서로 눈짓해 가며 히물히물 웃었다.

"저 사람이 다쳐도 벌을 안 내리겄다고 약조해야 되겄는디요."

"알았어, 절대로 벌 안 하기로 약속하지. 자, 준비됐지? 시작!"

싸움이 시작되고 후닥닥 엉겨 붙었는가 싶었는데 퍽 소리가 나면서 벌렁 나가떨어진 것은 검정띠였다. 순식간에 서무룡이 박치기로 그의 얼굴을 들이받은 것이었다.

두 손으로 얼굴을 감싼 검정띠는 한참을 버르적거리다가 몸을 일으켰다. 그런데 그의 얼굴은 피범벅이었다. 코에서는 피가 뚝뚝 떨어지고 있었다.

"내 옷에 피 묻으니 코피나 막고 허자고 그러씨요."

서무룡은 손바닥을 털고 있었다.

코를 막고 싸움은 다시 시작되었다. 그러나 검정띠는 서무룡을 당할 수 없었다. 서무룡은 무릎치기로 상대방의 사타구니를 걷어 올리는 것으로 싸움을 마무리 지었다.

"정말 싸움에는 도가 텄군."

헌병이 째려보며 내뱉은 말이었다.

그때부터 서무룡이는 세력 확장을 하느라 하루가 멀다 하고 싸움판을 벌였다. 그러던 어느 날 그는 헌병대의 호출 명령을 받았다.

"지금 자네 졸개들이 몇이나 되지?"

"서른대여섯 되는디요."

"상당하군. 다 쓸 만하겠지?"

"야아, 싸움이야 다 한가락씩 허제라."

"싸움만 말고, 자네처럼 일을 시킬 수 있게 믿을 수 있느냔 말이야?"

"야아, 지가 믿어서 고른 아그들잉게요."

"잘됐군. 그럼 말이야……."

헌병은 목소리를 낮추었다.

경성역은 사람들로 북적거렸다. 경부선, 호남선, 경의선을 타고 물산공진회를 구경하러 온 사람들이었다.

"형님, 여깁니다, 여기!"

정도규는 사람들을 헤치며 목소리를 높였다.

"이, 도규 니 나왔구나. 니 못 찾는 줄 알고 걱정했다."

정재규는 반가워하며 이마를 훔쳤다.

"도규야, 오랜만이다."

"아, 어서 오세요. 형님도 오셨군요."

정도규는 함께 온 사촌 형에게도 인사를 하고는 주변을 두리번거렸다.

"뭘 찾냐?"

정재규가 동생에게 물었다.

"작은형님은요?"

"안 온다더라."

정재규는 무뚝뚝하게 대꾸하며 발걸음을 떼어 놓았다.

"아니, 왜요?"

정도규의 얼굴이 일그러졌다.

"말도 마라. 느그 큰성님이 같이 가자니까 만석꾼 될 때가지 헛돈 안 쓴다고 허드란다. 그려서 큰성님이 돈을 다 댈 것잉게 가자고 혀도 빚지기 싫다면서 돌아서 부렀단다."

사촌이 들은 대로 옮겼다.

정도규는 가는 한숨을 쉬었다. 작은형이 만석꾼 될 욕심에 차 있다는 것을 알고 있었고, 큰형을 평생 상대하지 않겠다는 말도 여러 번 들은 터였다.

"잠자리는 거 뭣이라더냐…… 아이고, 그놈의 서양말은 당최…… 거기에 정했지야?"

"형님이 말한 호떼루에는 못 정했어요."

"뭣이여? 내가 그리 당부혔는디?"

정재규는 걸음을 멈추며 소리쳤다.

"참, 사람들이 흉봅니다."

정도규는 민망한 얼굴로 큰형의 등을 밀며, "다 알아봤는데 조선 사람은 투숙을 안 시켜요. 물산공진회 때문에 일본 사람들이 워낙 많이 건너와서 일본 사람도 자리가 없다는 겁니다. 반도호떼루, 조선호떼루 다 알아봤고, 지난달에 새로 생긴 금강호떼루까지 알아봤어요." 하고 설명했다.

"왜놈 새끼들, 즈그들이 뭔데 그리 시건방구지게 나대!"

정재규는 신식 호텔에 들지 못하는 것이 못내 화가 나는 모양이었다.

"호떼루 못지않은 일류 여관을 잡아 놨으니 너무 서운해하지 마세요."

정도규는 큰형의 그 겉멋이 못마땅하면서도 자신이 손님 대접을 잘못하는 것 같은 미안함도 없지 않아 위로의 말을 했다.

다음 날 정도규는 두 형의 길잡이로 물산공진회가 열리는 경복궁으로 갔다. 종로가 시작되는 큰길부터 경복궁 앞까지 그야말로 사람의 바다를 이루고 있었다.

"우리 조선 사람이 구경을 좋아허기는 좋아허는 모양이다. 어찌 이리 많이 모였을까나?"

사촌 형이 상기된 얼굴로 연상 벙글거렸다.

"이것이 다 잘못 생각하고 저지르는 추태들이지요."

정도규의 차가운 말이었다.

"추태라니, 무슨 소리다냐?"

"이 공진회는 조선총독부 5주년 기념으로 열리는 것 아닙니까? 그런 잔치에 조선 사람들은 아무 생각 없이 그저 구경거리 생겼다고 이렇게 몰려드니 왜놈들이 뭐라고 하겠어요? 우리를 무서워하고 어려워하겠어요, 무시하고 깔보겠어요?"

"듣고 보니 그러시."

경복궁 동쪽 빈터에 마련된 물산공진회는 일본의 온갖 신식 물건들이 조선의 농공수산물들을 압도하고 있었다. 가지가지 일본 물건들 중에서도 특히 조선 사람들의 눈길을 사로잡은 것이 검정 고무신이었다. 그런데 남자 것보다 여자 것이 더 사람들의 감탄을 자아냈다. 그 앞부분 생김이 버선코를 그대로 빼박았던 것이다.

정도규는 아내에게 보내려고 고무신을 사면서 조선 사람을 상대로 고무신을 만들어 낸 일본 사람들의 그 예리한 관찰력과 상술에 가슴이 서늘해졌다.

"공진회 구경에다 궁궐 구경까지 헌께 아주 좋은디?"

경복궁을 나서며 사촌 형이 말했다.

"똑똑히 봐 두시오. 마지막일 것이니."

"마지막? 내가 죽간디?"

"형님이 아니라 경복궁이 죽게 생겼소. 남산에 있는 총독부가 저 궁궐을 헐고 그 자리에 들어앉는다는 소문이오."

19

책 바람 서당 바람

들녘에는 가을걷이가 한창이었다. 그런데 그 바쁜 계절에 듣도 보도 못한 얄궂은 바람이 불고 있었다. 물산공진회 바람 끝에 다시 일어난 고무신 바람이었다.

그 말랑말랑하고 보들보들한 고무신은 억세고 뻣뻣한 짚신에 비해 발도 편하고, 물도 스미지 않아 누구나 탐내는 물건이었다.

고무신 바람에 장사꾼들은 살판이 났다. 그런데 장덕풍은 손님이 고무신을 찾을 때마다 우거지상을 하며 달가워하지 않았다. 거기에는 그럴 만한 까닭이 있었다.

장덕풍은 물산공진회에서 고무신을 보자마자 눈에 불을 켰다.

'저것을 잡으면 떼부자가 되겠다!'

전북 지역 도매권만 따내면 큰 부자가 될 길이 훤히 내다보였다. 그는 그날로 고무신 회사를 찾아갔다.

그러나 그 꿈은 산산조각 났다. 조센징에게 도매상은 안 맡긴다는 것이었다. 장덕풍은 돈은 얼마든지 내겠으니 봐 달라고 사정했다. 전북이 안 되면 군산만이라도 허락해 달라고 애걸했다. 그래도 안 돼 뒷돈을 주겠다고 유혹했다. 그러나 끝내 그 꿈은 깨지고 말았다.

"요런 날강도 겉은 왜놈 새끼들아, 느그 놈들만 똘똘 뭉쳐 쉽게 돈 먹겄다 그것이제? 요 쪽바리 새끼들, 날벼락이나 맞어 다 꼬드라져라."

열이 오른 장덕풍은 오가는 사람들의 눈길은 아랑곳하지 않고 마구 소리를 지르며 그 건물을 향해 '에엑 퉤! 카악 퉤!' 침을 뱉었다.

그 때문에 장덕풍은 일본인 도매상에서 고무신을 받아다 팔기는 하면서도 배알이 뒤틀렸다.

"신기 편허다고 고무신 좋아허지 마시오. 고무신 사 신으면 일본 사람들 배만 불리는 것이니까."

사람들을 만날 때마다 신세호가 간곡하게 하는 말이었다. 그는 한 사람, 한 사람이 정신을 똑바로 차리고 살아가는 게 곧 독립투쟁이라고 믿었고, 생활 속에서 그런 정신을 일깨워 나아가는 게 자신의 몫이라고 생각하고 있었다.

그러나 신세호가 비밀리에 하고 있는 큰일은 따로 있었다. 그는 벌써 몇 달째 밤잠을 줄이고 있었다.

"요것이 이번에 챙겨 온 책인디 송 장군님이 신 선생님께 읽기를 권허시더구만요. 그리고 이 책을 널리 퍼뜨려야겄는디 왜놈들 감시 때문에 많이 갖고 올 수가 없지 않은게라? 요것을 퍼뜨릴 방도는 필사본을 만드는 것뿐인디, 신 선생님께서 도와주실 수 있으실랑가 어쩔랑가……."

만주에 다녀온 공허가 책 한 권을 내놓고 어렵사리 꺼낸 말이었다.

"그래야지요, 허고말고요."

신세호는 흔쾌히 대답하고는 종이에 싼 책을 풀었다. 책 제목은 『신한독립사』였다.

"만주에서 책도 만드는구만요."

조심스레 책장을 넘기는 신세호의 손끝에 전율이 일었다.

"야아, 신채호·박은식 겉은 지사들이 짓고, 대종교에서 비용을 댄다드만요. 대종교에서 대는 비용이야 다 만주 동포들이 한 푼, 두 푼 낸 돈이제라."

"아, 그렇구만요. 참말로 이 책은 예사 책이 아니로구만요."

신세호는 책을 두 손으로 잡고 감회 어린 얼굴로 내려다보았다.

그날부터 신세호는 밤마다 책을 베꼈다. 그 필사본으로 학교에서 가르치지 못하는 조선의 역사를 젊은이들에게 가르친다는 것이었다.

총독부가 학교에서 조선의 역사를 가르치지 못하게 하고, 일본말을 국어라고 하면서 조선말보다 두 배 넘게 가르친 지는 이미 5년이 넘었다. 총독부는 겉으로는 총칼을 휘둘러 조선 사람을 위협하고 속으로는 교육으로 조선의 정신을 말살하고 있었다.

신세호는 농사일로 쌓인 피곤과 졸음에 시달리면서도 그 일에 더없는 보람과 긍지를 느꼈다. 그는 만일에 대비해 쓴 것을 철저히 간수했다. 헛간 잿더미 뒤에 상자를 숨겨 놓고 그날그날 쓴 것을 거기다 감추었다. 밤마다 필사할 때 방문을 잠그는 것도 잊지 않았다.

신세호는 추수를 마무리하며 딸 하엽이의 혼인을 생각하고 있었다. 이번 가을걷이를 마치고 혼인을 시키기로 했던 것이다.

신세호는 딸 혼인 전에 세 권째 필사를 끝내려고 밤 깊어 가는 줄을 모르고 있었다.

"신 선생님, 신 선생님……."

봉창이 둔하게 울리면서 억누른 소리가 들려왔다.

"이 밤중에…… 어여 자리허시지요."

신세호는 방바닥에 펼쳐 놓은 한지를 치우며 자리를 권했다.

"아이고, 이 야심헌 시각까지 저걸 쓰시느라고. 지가 선생님헌티 너무 힘든 일을 부탁혀 갖고 원……."

공허는 돌덩어리 같은 느낌의 빡빡머리를 송구스럽다는 듯 문질렀다.

"무슨 말씀을…… 추수철만 아니면 네다섯 권은 끝냈을 것인디, 인제 겨우 세 권 끝내 가고 있으니 스님 뵐 면목이 없구만요."

"아이고, 한 권만 부탁드렸는디 세 권씩이나 허셨으니 밤잠 못 주무시고 얼마나 고생허셨는게라? 참말로 신 선생님은 독립군이 압록강 변 수비대 초소에 불 지른 것보다도 큰일을 허셨구만이

라. 이 일을 송 장군님이 아시면 얼마나 고마워허시겄능게라?"

작은 목소리로 말하는 공허의 얼굴에 감격이 넘쳤다.

"목숨 걸고 나선 분들 앞에 부끄럽구만요."

신세호는 죄스러움과 부끄러움으로 차 있는 자신의 마음을 꼬집히는 것만 같았다.

"야아…… 근디, 슬픈 소식이 있구만이라."

공허는 앉음새를 고치고는, "채응언 장군이 결국 그저께 사형을 당했구만요." 하며 침통해 했다.

"끝내 그리됐구만요……."

신세호의 어깨도 처졌다.

국내에 남은 마지막 의병장 채응언 장군이 7월에 체포되어 11월 4일에 세상을 떠난 것이었다.

"요것 보시게라."

공허가 바랑에서 책을 꺼내 내밀었다.

"예, 한국통사(韓國痛史)……."

책을 받아 든 신세호가 제목을 읽었다.

"박은식 선생께서 작년에 지으신 것을 금년에 상해에서 찍었다는디, 며칠 전에 거기서 배 타고 숨어든 사람헌티 받었구만요."

"이 책도 필사허능가요?"

"아니구만이라. 우선 신 선생님부터 읽으시고 딴 데로 돌릴 참이구만요."

"이 귀헌 책으로 눈을 크게 뜨게 혀 주시니 고맙기 그지없구만요."

신세호는 '한국의 아픈 역사'라는 뜻의 제목을 다시 음미하며 인사를 갖추었다.

"아이고, 지가 당연히 헐 일인디요. 근디, 다 쓰신 필사본은 지금 가져갈 수 있는게라?"

"오실 줄 모르고 아직 책으로 묶지 못혔는디요."

신세호는 당황하며 미안쩍어했다.

"그것이야 걱정 마시게라. 책 묶는 것이야 절밥 얻어먹은 이 땡초가 잘허는구만요."

공허는 넉넉하게 웃음 지었다.

"그럼 아주 잘되았구만요. 헌디, 그 책을 젊은 사람들헌티 어찌 가르칠라는지……."

신세호는 걱정스럽게 말했다.

"야아, 요즘 서당도 엄청 생겨나고, 야학이란 것도 생기기 시작허지 않는게라? 그 선생들 중에 젊고 뜻이 굳은 사람들이 연줄로 짜여 있구만요."

"그나저나 왜놈들 기세는 갈수록 사나워지고, 생각 짧은 사람들은 편히 살겄다고 왜놈 편으로 돌아서니 앞잡이는 불어나고,

뜻 굳은 사람들 앞날이 그저 가시밭길이지요."

신세호는 가늘게 한숨을 쉬었다.

"왜놈들이 가시밭길 아니라 훨훨 타는 불길을 만들어도 조선을 아주 죽이지는 못허는구만이라. 시방 죽어 있는 조선이야 껍데기 조선이제 알갱이 조선은 펄펄 살아 있지 않은감요? 왜놈들이 친일배 빼놓고 조선 사람을 다 죽여야 조선을 영영 죽이는 것인디, 고것이야 참말로 영영 안 될 일 아니겄능가요?"

신세호는 문득 긴장했다. 조선 사람이 다 죽어야 조선이 죽는다! 그 말은 무쇠보다 굳은 의지인 동시에 확고한 투쟁 사상이었다.

"스님 말씀이 백번 옳구만요. 헌디 지는 그리 생각지는 못허고 있었구만요."

신세호는 희망보다는 절망 쪽으로 기울어 있던 마음을 솔직하게 토로했다. 그건 스스로의 생각이 잘못되었음을 시인하는 것인 동시에 그 생각을 바꾸고자 하는 욕구이기도 했다.

"지 혼자서 똑별나게 해낸 생각이 아니구만이라. 이만 떠야겄구만요."

공허는 바랑을 집어 들었다.

"예, 필사본은 헛간에 모셔 놔서……."

신세호는 바삐 밖으로 나가 큼직한 나무 상자를 안고 들어왔다. 상자 안에는 잔글씨가 적힌 종이가 가득 쌓여 있었다. 공허는 그 종이를 받아 바랑에 넣었다.

공허는 한달음에 김제 포교당으로 갔다. 자정이 넘은 어둠 속에 포교당의 풍경만 청아한 울림을 내며 깨어 있었다. 공허는 거침없이 담을 넘었다.

"도림, 도림!"

공허는 승방 문을 질벅거렸다.

"이, 공허 아니라고!"

잠 걷힌 소리에 반가움이 묻어났다. 곧이어 문고리가 벗겨졌다.

"그간에 잘 지냈나?"

공허가 방바닥에 주저앉아 바랑 아가리를 열었다.

"아이고, 명필인디, 누구여?"

바랑에서 종이 한 장을 꺼내 본 도림은 놀란 눈으로 공허를 보았다.

"그런 것 묻는 것 아니라닝게."

공허는 매정하다 싶게 잘라 말했다.

"그려, 아는 것이 병이라고 혔제."

도림은 머쓱해져 다시 글씨를 들여다보면서, "요런 명필도 인제 소용없게 되았구마." 하고 말했다.

"무슨 소리여?"

"무슨 소리기는. 공허 자네가 원허는 등사기 살 목돈이 생겼단 것이제."

"뭣이여? 그런 목돈이 어디서 생겨?"

공허가 화들짝 반가워했다.

"부잣집 사십구재가 둘이나 들어왔는디, 등사기 살 욕심에 돈을 짱짱허게 불렀제. 부모님 극락왕생 비는 정성이야 돈 안 아끼는 것 아니냐고 살살 겁 먹여 가면서 말이시."

"옳아, 자네도 인제 중질 제대로 허네."

공허는 무릎을 치며 웃고는 "등사기는 언제 구허제?" 하고 물었다.

"돈 있응게 내일이라도 전주나 군산 나가 사면 되제."

"무슨 태평헌 소리여? 전주나 군산에서 구했다가는 큰 탈 나네."

공허가 펄쩍 뛰었다.

"무슨 큰 탈이 나?"

도림이 어리둥절해서 공허를 쳐다보았다.

"허어, 전주나 군산에 등사기가 있어 봤자 한두 대일 것이고, 그 비싼 등사기를 사면 금세 의심 살 것 아니냔 말이시."

"그럼 어디서 구허제?"

"어딘 어디여, 그 잘난 경성이제."

"경성? 누가 가제?"

"돈만 내놓소. 그 덕에 이 땡초가 총독부 구경 한번 더 헐랑게."

공허는 목소리에 가락을 넣으며 방바닥에 벌렁 드러누웠다.

이튿날, 공허는 점심을 먹기 전까지 도림과 함께 책을 맸다. 그리고 점심을 뚝딱 먹어 치우고는 곧 네 활개를 펴고는 잠이 들었다. 도림이 깨워서야 눈을 뜬 공허는 저녁밥을 또 맛있게 먹어 댔다.

"인제 살살 움직여 볼거나……."

공허는 두툼한 필사본 두 권과 등사기 살 돈을 바랑에 챙겨 넣고 일어섰다. 밖은 어둠이 짙어져 있었다.

공허는 전주 쪽으로 길을 잡았다. 신작로로 가지 않고 달구지 길이었다. 신작로 가까이에는 경찰 주재소나 헌병 파견대가 많기 때문이었다.

공허는 한참을 걸어 부교리의 최유강을 찾아갔다. 최유강의 사랑채에는 불이 밝혀져 있었다. 공허는 고샅 양쪽을 살피고는 토담을 넘었다.

"최 선생 계신가요? 공허구만요."

공허는 마루를 손가락으로 톡톡 쳤다. 이내 방문이 열렸다.

"스님, 어여 오르시지요."

반가움이 넘치는 낮은 소리였다.

공허는 호롱불이 밝혀진 방 안으로 들어서며 향기로운 냄새를 맡았다. 언제나 그윽하게 번져 있는 차 향기였다. 최유강은 차를 무척 즐겼다. 담배가 차 맛을 해친다 하여 담배를 입에 대지 않을 정도였다.

"가실 길이 멀수록 차 한잔허셔야 갈증도 안 생기고, 노독도 덜 허시지요."

탕건을 단정하게 쓴 최유강이 보료 위에 앉으며 잔잔하게 웃었다.

"노스님들허고는 달리 소승은 차 맛을 잘 모르는구만요."

최유강이 찻잔을 공허 앞으로 옮겼다.

"아이고, 황송스럽게……."

공허는 찻잔을 받아 앞에 놓고는, "요것이 만주에서 새로 들어온 역사책이구만요. 아그들헌티 가르치시라고……." 하며 필사본을 내밀었다.

"예, 이 귀헌 책을…… 열성으로 읽어 아그들헌티 전허겄구만요."

천천히 책장을 넘기는 최유강의 입이 차츰 굳게 다물어지더니 눈썹 꼬리까지 치올라 갔다.

'양반들 절반만 저 사람 같았어도……'

공허는 그를 바라보며 생각했다.

"스님, 차 식는구만요."

최유강은 책을 문갑 서랍에 넣고는 공허에게 차를 권했다.

공허는 찻잔을 들어 한 모금 입에 머금었다. 떠름한 듯 쌉싸래하고 달큼하면서 풋풋한 향그러움이 그윽하게 퍼지면서 정신을 아늑하게 가라앉혔다.

"서당에 아그들은 많이 모여드는가요?"

"예, 한문만 가르치는 것이 아니라 그런지 아그들이 자꾸 늘고, 언문도 산술도 잘들 깨치는 데다가, 역사 얘기를 좋아허는구만요."

요즘 들어 새로 생긴 많은 서당들은 옛날 서당이 아니었다. 젊은 선생들은 한글은 물론이고 산술과 역사까지 가르쳤다. 공허는 그런 신식 서당의 믿을 만한 선생들에게 역사책을 공급하고 있었다.

"소승 이만…… 또 뵙겄구만요."

공허는 최유강의 사랑을 나섰다. 문갑 위의 필통이며 난초, 사방탁자의 책들이며 귀풍스러운 백자, 비단 보료와 방석 같은 것들이 신세호의 사랑과는 너무 달랐다. 그 차이는 바로 재산의 차이였다. 그러나 최유강은 소작인들에게 인심을 얻을 만큼 후한 지주였다.

"스님, 요거 얼마 안 되는디 노자에……."

최유강이 공허의 손에 돈을 쥐여 주었다.

"아니, 올 때마다 이러시면……."

"스님이 어디 사사로이 쓰시는가요?"

최유강의 집을 나선 공허는 금평리 안재한의 집을 찾아들었다. 안재한의 집은 최유강의 집 못지않게 컸지만 지붕은 기와가 아닌 초가였다.

"스님을 기다리고 있었구만요."

안재한은 둥글넓적한 얼굴에 웃음을 담으며 문갑 서랍을 열었다.

"스님 발에 맞을랑가 모르겄구만요."

안재한이 내놓은 것은 고무신이었다.

"아니, 이 비싼 것을!"

너무 뜻밖이라 공허는 깜짝 놀랐다.

"요것이 왜놈들 물건이라 스님이 싫어허실지 알면서도 샀구만요. 요것은 사치를 허자는 것이 아니고, 스님은 많이 걸으시는디 물 새고 발 시린 짚세기 때문에 발에 얼음 박히면 안 되제라. 왜놈 물건이라 해도 잘 써서 우리 일을 잘해 나가는 것이 더 현명헌 처사가 아닌가 하는구만요."

공허는 안재한의 그 말에서 미처 생각하지 못했던 것을 깨달았다. 그건 일본군 수비대나 주재소에서 탈취한 총으로 일본 놈들을 다시 죽이는 것이나 별다를 것 없는 일이었다.

"야아…… 생각 깊으신 말씀이구만요."

공허는 안재한에게 웃음을 보내며 때 전 버선발을 고무신에 밀어 넣었다. 고무신은 낙낙하게 잘 맞았다.

"아이고, 잘되았구만요."

안재한은 안도의 숨을 푹 내쉬었다.

"새로 온 책이구만요."

공허는 안재한에게 필사본을 내밀었다.

"소승 염치없이 이 고무신 신고 떠날랑마요."

고무신을 들고 일어나며 공허가 한 말이었다.

"그래 주시면 더 고마울 것이 없구만요."

안재한이 더없이 흡족하게 웃었다.

공허는 검게 웅크린 나지막한 산들을 벗 삼아 한참을 걸어 죽절리에 다다랐다. 자정이 가까워 있었다.

공허는 마루에 무릎을 대고 지게문을 가만가만 흔들었다.

"누구요?"

조심스러운 목소리였다.

"나요, 나 왔소."

언제부터인지 모르게 서로 그렇게 주고받게 된 말이었다.

공허는 고무신을 들고 방으로 들어갔다.

어둠 속에서 부스럭거리는 소리가 났다.

"불 켤 것 없소."

공허는 어둠 속에 웅크리고 앉았다.

"저어…… 지가 시조를 한 수 지었는디…… 들어 보실랑가요?"

홍 씨가 주저하며 속삭인 말이었다.

"시조? 그려, 재주가 어떤가 더디 읊어 보드라고."

공허는 문득 놀랐다가 다음 순간 장난스런 기분으로 대꾸했다.

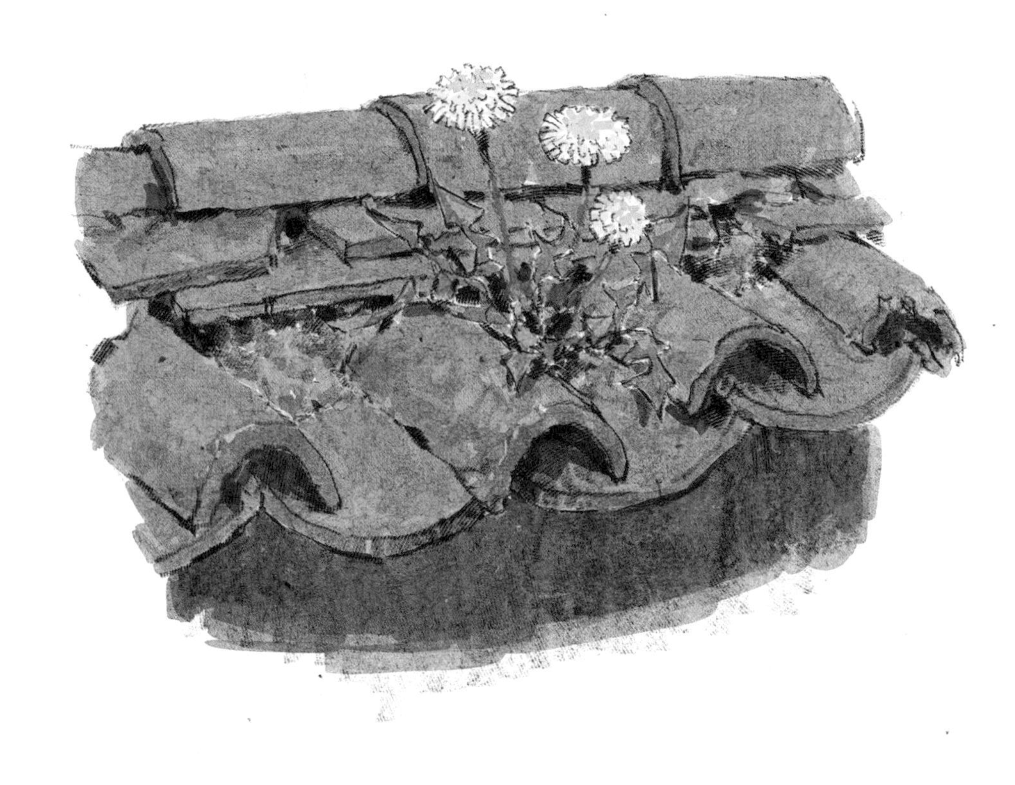

바람이 머문 자리 민들레꽃 피어나네
무심한 바람도 인연의 씨 심었는데
임 머문 자리야 일러 무삼하리오

몸이 나른하게 풀려 가고 있던 공허는 정신이 번쩍 들었다.

“고것이 무슨 소리요?”

그 말과 함께 공허의 가슴은 쿵 내려앉았다.

홍 씨는 아무 대꾸가 없었다.

'아기를 가졌다니, 이 일을 어찌해야 좋은가…….'

공허는 암벽에 가로막힌 기분이었다.

"곧 이사를 해야겄구만요……."

홍 씨의 가느다란 소리였다.

"무슨 소리여?"

"이 동네에서는 몸을 못 푸니게요."

"……."

"아무 말씀 안 드리고 그냥 뜰라고도 생각혔는디…… 그리되면 스님 허시는 일에 해를 입힐지도 모르고……. 영영 생이별허기 싫은 욕심도 있고……."

"……."

공허는 홍 씨의 손을 꼭 잡았다.

"이 일에 맘 쓰시지 않어도 되는구만요. 지가 바라는 것은 그저 지금까지 뵌 것처럼 앞으로도 뵙는 욕심뿐이니께요."

"……."

"스님은 업보를 만들었다 생각 마시고, 맘 훌훌 털으시씨요. 지는 부처님 가피를 입어 평생 의지하고 살 핏줄을 얻었응게요."

"어디, 이사 갈 동네는 찾아 놨소?"

공허는 목이 메어 말이 제대로 나오지 않았다.

20

만주벌에 뜨는 샛별들

장닭이 홰를 치며 우렁차게 목청을 뽑았다. 감골댁은 그나마 설핏 들었던 잠을 깼다. 감골댁은 수국이의 잠을 깨우지 않으려고 가만가만 이불 속에서 빠져나왔다.

"엄니, 뭐 헐라고 벌써 일어나고 그렁가? 채비는 내가 다 헐 것잉마."

수국이가 일어나 앉으며 말했다.

"음마, 니 깨 있었냐?"

감골댁은 이렇게 말하며, 수국이도 잠을 설쳤을 거라고 생각했다. 수국이는 동생 대근이가 군관학교에 다니는 것을 더없이 자랑스러워했다. 그런데 오늘이 바로 대근이가 군관학교를 졸업하는 날이니 잠을 제대로 잤을 리 없었다.

"엄니, 더 누워 있으소. 내가 다 알아서 챙길 것잉게."

"아니여, 필녀가 당장 들이닥칠지도 모른다."

"그럴지도 모르겄네. 필녀는 대근이가 군관 되는 것을 나보다도 좋아라 허닝게."

"모르겄다, 그 일이 좋아허기만 헐 일인지……."

감골댁은 하르르 한숨을 쉬었다.

막내 대근이가 군관학교를 졸업하는 것이 경사는 경사였다. 그러나 왜놈들하고 싸워야 하는 독립군 군관이라는 것이 마음 무거웠다. 큰아들하고 생이별한 마당에 대근이는 막내이면서 맏아들이었다. 남편 잃고, 큰아들도 빼앗겼는데 막내아들마저 왜놈들 앞에 내세우고 싶지는 않았다. 그저 장가들어 농사나 지으면서 집안 지켜 나가는 것이 소원이었다. 그러나 그런 속마음을 드러낼 수는 없었다. 대근이도 군관학교에 들어가기로 딱 작정을 했고, 송 장군부터 주위의 모든 사람들이 당연하게 생각했다.

"아줌니, 얼마나 좋으시오, 맘이 둥둥 뜨제라?"

배두성이와 함께 방으로 들어선 필녀는 감골댁에게 인사를 차렸다.

"모르겄네, 좋은지 어쩐지. 요리 앉소."

감골댁은 웃음 지으며 자리를 권했다

“그것이 얼마나 장헌 일인디요? 어려운 일 다 이겨 내고 당당히 군관이 된 것인디. 중도에 그만둔 못난 물건에 비허면 대근이야 장허고 장허제라.”

필녀는 대근이 칭찬을 하면서 또 다른 누군가를 흉잡고 있었다.

“말 고약시리 허지 말어. 골머리 아픈 공부 안 허고도 총만 잘 쏘고 밀정 놈만 잘 잡아낸게.”

배두성이의 불퉁스러운 말이었다.

배두성이는 대근이와 함께 신흥중학에 들어갔지만 중도에 그만두고 말았다. 공부에 흥미도 없는 데다 내용이 어려워 도저히 따라갈 수가 없었던 것이다. 그 일로 필녀는 남편을 더욱 싸늘하게 대했다.

그들은 곧 송수익과 함께 곧 길을 나섰다.

통화에서 학교가 있는 황림까지 100여 리를 걷자면 꼬박 이틀이 걸려 여관비까지 써야 했다. 송수익은 그 돈에 좀 더 보태 마차를 타기로 했다. 그러면 날짜도 하루 줄고 걷는 고생도 덜 수 있었다. 송수익은 감골댁을 위해 그렇게 마음을 썼다. 그러나 아들을 독립군으로 내놓은 감골댁의 마음에 비하면 작고 하잘것없는 성의일 뿐이었다. 방대근이 아무리 신흥중학에 가겠다고 나서도 어머니인 감골댁이 가로막았다면 일이 어려웠을 터였다.

신흥중학은 겉보기로는 그저 흔한 조선인 학교일 뿐이었다. 이름을 중학교로 붙인 것도 일본 밀정들이나 중국 관청의 눈길을 피하기 위한 것이고, 속으로는 독립군을 양성해 내는 '무관학교'였다. 신흥중학의 숨겨져 있는 진짜 이름은 '신흥무관학교'였다.

그 내막을 알고 있는 어떤 부모들은 신흥중학에 가겠다는 자식의 뜻을 꺾기도 했다. 신흥중학에 가는 것은 독립군으로 나서는 것이고, 그것은 곧 목숨을 내건다는 뜻이었다.

마차는 한나절을 달려 황림에 도착했다. 초원에 넓게 자리 잡은 학교에는 벌써 사람들이 많이 모여 있었다.

졸업생 40여 명에 학부형은 200명이 넘었다. 교실 두 개를 터서 만든 강당이 넘쳐 사람들이 복도까지 빽빽하게 들어찼다. 식단 위에는 태극기가 걸려 있었다.

가장 먼저 연단에 오른 사람은 교장 여준이었다. 그는 오늘이 신흥중학 제5회 졸업식인 것을 강조하면서 귀한 자식을 신흥중학에 보내 준 부모들에게 감사의 인사를 했다. 그리고 신흥중학의 운영을 위해 어려운 생활 속에서도 교육회비를 내준 만주의 모든 동포들에게 고마움을 나타냈다. 그런 다음, 졸업생들에게 민족을 위해 헌신할 것을 당부했다.

뒤이어 두 사람이 축사를 하고 교가를 합창하면서 졸업식이 끝났다. 조촐하지만 숙연한 졸업식이었다.

졸업생들은 가족에게 이끌려 제각기 점심 먹을 자리를 찾아 흩어졌다.

방대근이는 감골댁의 차지가 되었다. 감골댁은 아들의 등을 싸안듯 걷고 있었다.

"아따, 니가 인제 장부가 되야 부렀다 이. 인제 공허 스님도 만만허겄는디?"

넓은 운동장 가에 자리 잡고 앉으며 지삼출이 방대근이의 넓은 등짝을 철퍽 쳤다.

방대근이는 공허 스님을 생각했다. 2년 전에 반팔을 잡히고도 팔씨름에 졌던 것이다. 그때의 창피스러움은 아직까지도 선하게 남아 있었다. 공허 스님의 기운이 놀랍기도 했었다. 공허 스님이 이 자리에 없는 것이 못내 서운했다. 이제 반팔이 아니라 맞잡고도 겨룰 자신이 있었고, 그보다는 스님이 보고 싶었다.

"자, 배고픈디 얼렁 먹제."

감골댁은 사람들을 둘러보다가, "아니, 선생님은 어디 계신겨?" 하며 그때서야 송수익이 없는 걸 알아차렸다.

"교장 선상님 만나러 가셨구만이라."

지삼출이 다가앉으며 대꾸했다.

"그럼 진지는?"

"거기서 드신다등만이라."

"아이고, 선생님 드릴라고 닭을 한 마리 따로 잡어 왔는디."

"잘되았소. 대근이나 많이 먹이씨요. 백두산 바윗덩이가 들어가도 삭힐 나이잉게."

그 말에 사람들이 웃음을 터뜨렸다.

그들이 밥을 다 먹었을 즈음, 송수익이 돌아왔다.

"아이고, 선생님 진지는……."

감골댁이 치마를 털며 황급히 일어났다. 감골댁은 송수익 같은 귀한 양반님이 자기 아들을 위해 먼 길을 와 준 것이 그저 고마울 따름이었다.

"예, 교장 선생님하고 먹었구만요."

송수익은 방대근이 옆에 앉았다.

"교장 선생님께서 대근이 칭찬이 자자하시더구나. 학과 공부도 열성이지만 특히나 군사, 아니 체조 실기가 뛰어나다고."

송수익은 '군사훈련'이라고 나오려는 말을 재빨리 체조 실기로 바꾸었다.

"쟈가 체조 실기를 뚝별나게 잘헌 것은 공허 스님 도술 덕을 톡톡히 본 것인갑구만."

지삼출이 환하게 웃으며 말했다.

방대근이는 만주로 오자마자 공허에게 기운이 세고 몸이 날래게 되는 방법을 가르쳐 달라고 졸랐다. 방대근이는 군산에서 중국 노동자들과 패싸움을 벌일 때 서무룡이는 멀쩡한데 자신만 다친 것이 마음에서 지워지지 않았고, 서무룡이처럼 싸움을 잘하고 싶은 마음이 굴뚝같았다.

공허는 수수가 싹이 돋을 때부터 키가 다 자라 고개를 숙일 때까지 날마다 100번씩 넘으라고 했다. 그리고 목침 크기의 돌이 한 섬 크기의 돌이 될 때까지 날마다 돌을 키워 가며 50걸음 이쪽에서 저쪽으로 하루에 100번씩 옮기라고도 했다.

그 말에 방대근은 물론이고 다른 사람들까지 다 웃어 버렸다. 공허는 비웃음에도 아랑곳하지 않고 껄껄 웃더니 곧 떠나 버렸다. 그런데 웃지 않은 사람이 있었다. 송수익이었다.

"니가 진정 기운을 키우고 몸이 날래지기를 바라면 스님 가르침대로 해라. 다들 그 깊은 뜻을 몰라서 웃는 것이지 스님 말씀대로 하면 너도 반년 만에 스님처럼 된다. 내가 아침저녁으로 지켜볼 것이니, 그리하겠느냐!"

송수익의 말은 엄하기 이를 데 없었다.

다음 날부터 방대근은 송수익이 지켜보는 가운데 아침에는 한

뼘 높이의 수숫대를 넘고, 저녁에는 목침 크기의 돌을 옮기기 시작했다.

여름이 되자 수숫대는 키 큰 남자가 팔을 뻗어 올린 높이로 자라났다. 방대근이는 그것을 날듯이 뛰어넘고 있었다. 방대근이 들어 옮기는 돌도 장정 둘이 들어야 할 만큼 커져 있었다. 그 변화에 더없이 흡족한 사람은 송수익이었다.

"힘을 기른 열성으로 공부도 해야 문무를 갖춘 쓸모 있는 사람이 되는 법이다. 그리할 수 있겠느냐?"

수수깡을 뽑고 나서 송수익이 방대근이를 다시 불러 앉히고 한 말이었다. 방대근이는 신식 공부를 하고 싶은 마음이 간절했지만 집안 형편 때문에 엄두를 내지 못하고 있던 참이었다. 송수익은 손수 방대근이를 데리고 신흥중학을 찾아갔다.

"이 기쁜 날을 맞아 내가 대근이한테 선사헐 것이 하나 있다."

송수익의 말에 방대근이 앉음새를 고쳤고, 사람들의 눈길이 송수익에게 쏠렸다.

"자, 이것을 펴 보거라."

송수익은 손바닥만 하게 접은 한지를 방대근이에게 내밀었다.

방대근이는 그것을 공손하게 받아 조심조심 폈다. 하얀 종이 위에 큼직한 붓글씨 두 자가 드러났다. 한문으로 쓰인 그 글자는 '백호(白虎)'였다. 그 글자를 보는 순간 방대근이는 온몸이 찌르르 울렸다.

"무슨 뜻인지 알겠느냐?"

낮으면서도 무거운 송수익의 물음이었다.

"예…… 백두산 호랑이처럼……."

"그래, 백두산 호랑이같이 용맹스럽고 지혜롭게 살아가라는 뜻이다."

"선생님, 이렇게 엄청난 이름을……."

상기된 얼굴로 말끝을 맺지 못한 방대근은 몸을 벌떡 일으키더니, "선생님, 절 받으시게라우." 하며 송수익에게 넙죽 큰절을 올렸다.

"그래, 우리 대근이 장허다."

송수익은 감회 깊은 얼굴로 고개를 끄덕였다.

지삼출은 기분이 좋아 벙글거렸지만 배두성은 시무룩하게 고개를 떨구고 있었다.

"아이고, 나는 대근이가 부러워 죽겄다. 어째서 이 학교는 여자를 안 받는가 모르겠어? 입으로는 만민 평등이라고 하면서."

필녀의 느닷없는 말이었다.

"참, 바랄 것이 따로 있제. 자네도 총 들고 나서겄다는 것이여?"

지삼출이 어이없어하며 헛웃음을 쳤다.

"못헐 것도 없제라. 시켜만 주면 시원찮은 남자 두 몫은 허겄소."

필녀는 정색을 하고 말했다.

"어허, 여자는 헐 일이 따로 있제. 어서 땡글땡글헌 아들 하나 낳아서 대근이처럼 장허게 키울 생각이나 혀."

지삼출의 웃음기 가신 말이었다.

필녀는 배탈 설사 지독한 만주병이 작년 가뭄에 크게 번져 아이를 잃은 터였다.

"선생님, 저기 친헌 동무들이 오는구만요. 아까부터 선생님께 인사드린다고 했는디요."

방대근이 운동장 저쪽을 보며 말했다.

"음, 그런가? 어서 오라 이르게."

송수익이 반갑게 대꾸했다.

방대근이가 동무들에게 손을 흔들자 그들이 뛰어왔다.

"선생님, 무고하신지요? 몇 년 전에 한번 뵈었던 윤주협입니다."

넷 중에 한 학생이 송수익에게 인사했다. 둥그레한 얼굴에 코가 큼직했다.

"안녕하신교, 선생님. 지도 인사드렸는데 기억허실지 모르겠심더. 김시국임더."

키가 큼직하고 광대뼈가 불거진 학생이었다.

"선생님, 첨 뵙겠습니다. 권혁도라고 합니다."

두상이 커 보이는 학생이 고개를 깊이 숙였다.

"저는 노병갑이라고 합니다."

키가 작고 몸집이 단단해 보이는 학생이 끝으로 인사했다.

"그래, 자네들 졸업 축하하네."

송수익은 학생들의 손을 일일이 잡으며 축하 인사를 건넸다..

학생들이 끼어들면서 둘러앉은 동그라미가 커졌다. 학생들과 마주 앉게 된 수국이는 몸을 반쯤 돌려 앉았다. 그런데 필녀는 동그란 눈을 반들거리며 학생들을 살피기에 여념이 없었다.

"마침 자네들 생각을 들어 볼 일이 한 가지 있네."

송수익은 학생들을 한 눈길로 훑고는, "요새 북경 쪽에 있는 지사들 중에 몇 분이 황제 폐하를 북경으로 모셔다가 나라의 법통을 세우자고 한 모양인데, 자네들은 이 문제를 어찌 생각하는지, 의견을 말해 보게나." 하고는 다시 학생들을 둘러보았다.

"그건 말이 안 됩니다. 나라는 모든 백성의 나라지 임금이나 왕족의 나라가 아닙니다. 나라의 법통은 없어진 게 아니라 모든 백성들이 보존하고 있습니다."

노병갑의 말이었다. 송수익은 속으로 '옳거니!' 했다.

"제 생각도 마찬가집니다. 나라를 망친 왕조를 다시 받들어야 할 까닭이 없습니다. 독립된 새 나라는 조선도 대한제국도 아니어야 합니다."

윤주협의 대답이었다.

"맞심더, 독립 투쟁은 나라 잃은 동포를 위해서 하는 기지 임금 자리 찾아 줄라는 기 아이라요."

김시국이 얼굴을 찡그리며 말했다.

"이제 상감이고 폐하고 다 소용없습니다."

권혁도의 단호한 말이었다.

"예, 나라를 망친 왕을 북경에다 모신다는 것은 말이 안 되느만요."

인사를 차리느라고 방대근이는 맨 끝으로 의견을 내놓았다.

"자네들 대답을 들으니 내 가슴이 다 후련하네. 자네들이 자신만만하게 임금을 부인하는 그 정신이야말로 잃어버린 나라를 되찾을 힘이고, 무기라네. 나라의 주인은 우리 동포이고, 나라를 구하는 것은 곧 동포를 구하는 것이네. 오늘 여러분에게 졸업의 영광을 안겨 준 사람도 이곳 만주에서 온갖 어려움을 견디며 살아가는 동포들이네. 동포들이 피땀 흘려 번 돈을 왜 아낌없이 내놓겠나? 그건 오로지 나라를 되찾아 다시 고국 땅으로 돌아가고 싶은 소원 때문이지. 동포들 없이 독립운동은 있을 수 없고, 자네들은 언제 어느 때나 동포들과 함께 투쟁하고 있다는 사실을 잊어서는 안 되네."

송수익의 말에는 신념과 열의가 넘쳤다.

송수익의 말이 끝났는데도 학생들은 긴장되고 숙연한 모습으로 앉아 있었다. 다른 사람들도 굳어 있었다.

"자, 편안하게들 얘기 나누게. 내가 괜한 소릴 한 것 같구먼."

송수익이 학생들에게 손짓했다. 그러나 송수익은 학생들의 그 순수하고 진지한 모습이 마음 뿌듯하고 믿음직스러웠다.

"자네들은 집이 여기서 가까운 통화나 유화 쪽이겄제?"

지삼출이가 학생들에게 말을 걸었다.

"아닙니다. 저는 길림입니다."

윤주협이 웃으며 대답했다.

"길림? 쬐깨 멀리서 왔구마. 거기, 김시국이 자네는 집이 어디여?"

"아, 예. 지 말인교?"

김시국은 당황해서 말을 더듬었다. 그가 자꾸 수국이 쪽을 힐끔거리는 것을 보고 지삼출이 느닷없이 물었던 것이다.

"이, 자네 말이시."

"예, 통화현 소만구라요."

진땀이라도 나는지 김시국은 손등으로 이마를 훔치며 대답했다.

그 모습을 건너다본 필녀는 한 손으로 입을 가리고 키득키득 웃으며 다른 한 손으로 수국이의 발목을 아프지 않게 꼬집고 있었다.

"가시네야, 니헌티 정신없이 눈길 주다가 삼출이 아재헌티 들켜 갖고 시방 쌩똥 싸고 있는 꼴 좀 봐라. 꺼무끄름허니 생긴 얼굴대로 아주 응큼허다 이?"

필녀는 재미있어 죽겠다는 듯 수국이 귀에 속삭였고, 얼굴이 붉어진 수국이는 팔꿈치로 필녀의 옆구리를 박고 있었다.

작년 여름방학에 동생은 집에 오면서 김시국하고 윤주협을 데려왔다. 그런데 김시국은 윤주협하고는 달리 첫 눈길이 이상했다. 그 이상한 눈길을 느끼는 순간 수국이는 가슴이 섬뜩했다. 백남일의 눈빛과 김시국의 눈빛이 너무나 흡사했던 것이다.

윤주협은 자신을 누나처럼 편하게 대하는데 김시국은 징그럽게 자신을 자꾸 훔쳐보았다.

그뿐 아니었다. 방학이 끝나 학교로 돌아가는 길에 김시국은 혼자서 또 집에 들렀다. 하룻밤을 자고 가는 동안 그는 더 심하게 자신을 훔쳐보았다.

"가시네야, 니헌티 홀딱 반헌 눈치여. 저만허면 안 괜찮냐? 본다, 본다, 또 본다!"

신바람이 나서 목소리가 커지던 필녀는 갑자기 신음 소리를 내며 옆구리를 싸안았다. 수국이가 사정없이 옆구리를 내질러 버린 것이다.

학생들은 다시 모여야 할 시간이 되었다며 자리를 떴다.

"무슨 일이 또 남은겨?"

감골댁이 대근이를 붙들고 물었다.

"야아, 앞으로 헐 일을 정해야 허는구만요. 시방 소학교 선생으로 모셔 가겄다고 사방에서 와 있구만이라."

"그럼 니도 선생님이 되는 것이여?"

감골댁이 화들짝 반겼다.

"아마 지는 아닐 것이구만이라."

"어째서 그려?"

"지는 선생에 안 어울링게라."

감골댁은 그만 시무룩해졌다.

당장 독립군으로 투입되지 않는 졸업생들은 만주 곳곳에 생겨나고 있는 동포 학교에서 근무하게 되어 있었다. 그래서 졸업식 날에는 가까운 봉천이나 길림은 물론이고 멀리 북간도에서도 선생님을 모셔 가려고 사람들이 모여들었다.

"그럼 집에는 언제 온다냐?"

"모레 갈 것이구만이라."

"그려, 모레 꼭 오니라 이."

감골댁은 아들의 손을 놓아주었다.

21

난데없는 지주들

총독부에서 사립학교에서도 일본 국가를 부르라고 명령하는 가운데 한 해가 저물었다. 그런데 그에 응답이라도 하듯 비밀결사 자립단 사건이 세상을 흔들었다. 함경도 단천에서 활동하던 독립운동가 19명이 검거된 것이었다. 뒤이어 독립군 자금을 모으다가 박제준, 권영목, 유명수 등 6명이 체포되는 사건도 일어났다.

논밭을 빼앗기고 소작인이 되어 시래기죽으로도 세끼를 때우지 못하면서 춘궁기를 맞고 있는 사람들에게 그 소식은 힘이 되었다. 그러나 그 소식을 뒤덮으며 농민들에게 몰아쳐 오는 거친 바람이 있었다.

이장을 앞세운 면직원들이 동네마다 쓸고 다녔다.

"잘 들으시오. 요것을 논허고 평지밭만 빼놓고 비탈밭이란 비탈밭에는 다 심고, 또 손바닥만 헌 빈터라도 싹 다 찾아내 심어야 허요. 총독부 지시인께 어기는 사람은 엄벌을 받을 것이오."

동네 사람들을 당산나무 아래 모아 놓고 면서기가 으름장을 놓았다. 면서기가 가리킨 것은 뽕나무 묘목이었다.

면서기가 바삐 딴 동네로 사라지자 사람들은 웅성거리기 시작했다.

"이장님, 밭이란 밭에 요 잘난 뽕나무를 다 심으면 우린 굶어 죽으란 말 아니겠소? 세상에 이런 법도 있소?"

성질 칼칼한 하봉수가 소리쳤다.

뽕나무를 강제로 심게 하면서도 그 묘목은 공짜가 아니었다. 지난해에도 면사무소에서는 뽕잎을 딴 인건비를 지불하면서 나무값을 멋대로 제해 버렸던 것이다.

"해마다 억지춘향으로 뽕나무 심게 혀서 밭농사 못 지어먹게 된 땅이 벌써 얼마요? 또, 그랬으면 돈이나 쳐줘야 사람이 살 것 아니오? 근디, 금년에는 한술 더 떠서 온 밭에다 요 잡것을 심으라니, 다 굶어 죽으라는 소리가 아니고 뭣이요?"

박건식이가 말을 받고 나섰다.

"어허, 그리 잘난 사람이 아까 면직원헌티 똑 부러지게 따질 일이제 어째서 아무 힘도 없는 나를 잡고 뒷북치는가? 자, 얼렁 일이나 시작허드라고."

이장은 능란하게 사람들을 다루고 있었다.

사람들은 이장이 시키는 대로 네 명씩 패를 짜서 흩어졌다.

"하이고, 더런 놈의 세상 어찌 좀 팍 안 엎어질랑가?"

"시장스런 소리 허지 마소. 하늘이 무너지기를 바라는 것이 낫제."

"참말이지 이래 갖고는 못 살겄는디, 무슨 수를 내야제."

남상명과 한기팔의 기운 없는 한숨을 밀치며 하봉수가 목소리를 높였다.

"그나저나 이놈들이 왜 이리 뽕나무를 심으라고 지랄이여?"

박건식이 갑자기 화가 솟는 듯 말하며 밭두렁에 주저앉았다.

"비단을 짜서 저 서양에 팔아 큰 돈벌이헌다는 소문 못 들었능가?"

"그 돈벌이가 얼마나 좋으면 갈수록 이 난리겄능가?"

"헤에! 그래도 목포로 실어 내는 목화에 비허면 이것이야 양반이시. 조선서 똥값으로 실어 간 목화로 광목 만들어 도로 조선에다 금값으로 팔아먹는 것 생각혀 보드라고. 그놈들이 얼마나 백여시인가?"

"듣고 보니 그러시. 재주는 곰이 넘고 돈은 왕서방이 먹는 꼴아니라고?"

아무도 더 말을 잇지 않고 밭두렁에 주저앉아 있었다. .

"아니, 거기 뭣들 허고 앉었어? 당장 끌려가 매 맞을 참이여!"

이장이 소리치며 달려오고 있었다.

뽕나무 심기는 며칠에 걸쳐 매듭이 되고 사람들은 논일을 시작했다. 산자락을 연분홍으로 물들였던 진달래꽃이 지고, 개울가의 개나리가 샛노랗게 피어나고 있었다. 이름마저 '사쿠라'로 바뀌어 '왜놈들꽃'으로 구박덩이가 된 벚꽃들도 낭자하게 피고 있었다.

"아부지, 아부지! 누가 우리 논을 쟁기질허고 있는디, 쟁기질."

동화가 마당으로 뛰어들며 외쳤다.

"니가 잘못 본 것인갑는디?"

박건식은 쇠스랑을 두엄 더미에 찌르며 고개를 갸웃거렸다.

"나가 바보간디? 우리 논도 모르게."

동화는 울상이 되어 발을 굴렀다. 자기 말을 믿지 않아 분했던 것이다.

"그려, 그냥 있을 일이 아니구마."

박건식은 손바닥을 털며 나섰다.

동화는 아버지의 뒤를 쪼르륵 따랐다.

박건식은 멀찍이에서도 자기네 논에 누가 쟁기질을 하고 있는 것을 알아보았다.

'무슨 병통이 생겼구나!'

그의 머리를 친 생각이었다.

"당신 누군디 남의 논에 쟁기질이여?"

박건식의 뜨거운 감정이 폭발했다.

"야아, 전에 이 논 임자셨소? 참 미안스럽게 됐구만이라. 올해부터 여기 논 몇 마지기를 내가 소작 부치기로 됐구만이라."

그 남자는 옹색한 얼굴로 이마에 두른 수건을 풀어 땀을 닦았다.

"뭐, 뭣이라고! 대체 요것이 무슨 소리요?"

박건식은 사태의 내막을 알기 위해 애써 감정을 누르며 묻지 않을 수 없었다.

"야아, 동척에 잡혀 있던 여기 논들이 하시모토란 사람헌티로 넘어갔다드만이라. 그려서 거기서 소작을 얻었구만요. 먹고살자고 소작을 얻어 부치기는 부치는디, 전 임자를 만나니 영판 미안스럽고 죄진 것 겉고 맘이 얄궂구만이라."

박건식은 그대로 논두렁에 주저앉았다.

'어찌 이럴 수가 있는가? 당장 칼을 들고 가서 토지조사국 다나카 놈이고 하시모토고 다 찔러 죽여야 하는 것 아닌가…….'

이를 앙다문 박건식은 주먹을 부르쥐며 부들부들 떨었다.

박건식은 무겁게 몸을 일으켰다. 따지고 보면 그 남자는 잘못이 없었다. 터덕터덕 걷고 있는 박건식의 뒤를 아들 동화가 종종거리며 따르고 있었다.

박건식은 아들을 집으로 보내고 자기는 남상명의 집 쪽으로 고샅을 돌았다.

남상명은 헛간 옆에서 쟁기를 손질하고 있었다.

"큰 탈 났소. 우리들 논이 하시모토 앞으로 넘어가고 소작인도 새로 붙였소."

박건식이 그대로 땅바닥에 주저앉았다.

"뭐, 뭣이여!"

남상명은 튕기듯 몸을 일으켰다.

"이 일을 어째야 쓰겄소?"

"어쩌기는…… 인제 다 굶어 죽을 일만 남은 것 아니라고?"

남상명은 멍한 눈길로 중얼거리며 고개를 젓고 있었다.

박건식은 혼자 있을 때보다 낙담이 더 커졌다. 남상명이 이처럼 심하게 충격을 받을 줄은 몰랐던 것이다. 의논은 고사하고 자신이 오히려 위로를 해야 할 판이었다.

"호랭이헌티 물려가도 정신만 차리면 된다고 안 그럽디여? 맘 가라앉히고 있으씨요. 나 내촌 춘배 아재헌티 가 보고 올랑게."

내촌 대표인 김춘배를 만나 보면 무슨 방도가 생길지 모른다 싶었다.

"어이, 어이, 나도 갈라네."

박건식은 사립을 나서다가 고개를 돌렸다. 남상명이 허겁지겁 달려오고 있었다.

"나도 어제 늦게야 알고 생각해 봤는디 묘수가 없네. 그렇다고 그냥 당헐 수만도 없는 일이고. 인제부터 뜻을 모아 보세."

김춘배는 50이 다 된 나이였지만 그 눈빛이며 말투에서 남다른 담력이 묻어났다.

박건식은 역시 춘배 아저씨를 찾아오기 잘했다고 생각했다. 안 될 때 안 되더라도 힘 있게 말하는 춘배 아저씨를 대하니 숨통이 좀 트이는 것 같았다.

"요런 일은 다 토지조사국에서 허는 것이제라?"

박건식은 일을 해결할 방도를 찾으려고 매듭을 짚어 냈다.

"꼭 거기만이 아니여. 총독부 법이란 것을 앞세워 놓고 토지조사국에 동척에 관청까지 얼키설키 짜고 돌아가는 것이제."

"근디, 조사국 놈들이 맨날 토지 심사 끝날 때를 기다리라고 하더니, 인제 와서 엉뚱헌 놈헌티 땅을 넘겨준 것을 보면 이미 토지 심사가 끝났다는 것 아닌게라?"

"꼭 그런 것은 아니여. 왜놈 농민들헌티 나눠 준 땅을 보면 알제. 그 땅 임자들이, 어째서 심사 중인 땅을 일본 농민들헌티 넘기냐고 따지니까 조사국 놈들이, 아직 심사 중인디 심사가 끝날 때까지는 총독부 땅이라 총독부 법대로 일본 농민헌티 농사짓게 허는 것잉게 잔말 말고 기다리라고 혔다는 것이여."

"칼자루 쥔 놈들은 그놈들인디, 심사를 질질 끌 것 아니겄소?"

"그야 뻔허제. 지금까지 그리해 온 것 아니드라고?"

"그럼 땅 찾기는 그른 것이제라."

"아니제. 왜놈들은 느그 땅인 것이 확실헌 서류를 내놓으라는 것 아니드라고? 그 서류를 찾고 또 찾으면서 끝까지 싸워야제."

"언제까지 그래야 헌디요?"

그때까지 담배만 빨고 있던 남상명이 불쑥 물었다.

"4년이고 5년이고!"

"소작도 다 떼인 판에 흙 파먹고 살고라?"

"어허, 남자 심지가 어찌 그리 수양버들이여? 무슨 짓을 혀서라도 목구녕에 풀칠해 가면서 5년 아니라 10년이 걸려도 땅은 찾어야제. 듣자 하니 토지조사사업도 얼추 끝나 가는 모양이여. 그러니 그동안 마구 몰아 잡은 땅들을 관청 맘에 드는 놈들헌티 나눠 주고 있는 것이제. 하시모토 겉은 크고 작은 왜놈 지주들이 여기저기서 불거질 것이로구만. 형편이 요리 고약스럽게 꼬여 돌아갈 적에는 정신 차려야 혀."

힘진 김춘배의 말에서 박건식은 생전의 아버지를 느끼고 있었다.

곧 김춘배의 집에서 회의가 열렸고, 그 회의에서 두 가지 결정을 했다. 첫째, 모두가 토지조사국에 찾아가 원상회복을 요구한다. 둘째, 그것이 효과가 없으면 하시모토를 찾아가 소작권을 돌려 달라고 요구한다.

다음 날 아침, 그들이 토지조사국에 몰려갔지만 다나카는 아예 얼굴도 보이지 않았다. 그런데 조금 있다가 순사들이 나타나 총을 겨누었다. 다나카가 주재소에 연락한 것이 뻔했다. 순사들이 나타난 뒤에야 다나카는 모습을 드러냈다.

"그런 일은 상부에서 하는 일이지 내 일이 아니니까 딴 데로 찾아가시오."

순사들의 호위를 받으며 다나카가 한 말이었다. 이 한마디를 던지고 다나카는 다시 사무실로 자취를 감추어 버렸다.

"알았으면 다들 해산해, 해산!"

순사들이 총대를 휘두르며 그들을 몰아붙이기 시작했다.

"갑시다, 일단 돌아섭시다."

김춘배의 말에 따라 그들은 순순히 돌아서서 흩어졌다.

그러나 그들은 미리 계획한 대로 순사들의 눈이 미치지 않는

곳에 다시 모여 하시모토의 집으로 발길을 옮겼다. 다나카가 말한 상부를 찾아가기 전에 하시모토와 소작권을 해결하는 것이 더 급했다.

하시모토 역시 대문을 열지 않았다. 개 짖는 소리만 컹컹 울렸다. 짖어 대는 소리로 보아 개는 한두 마리가 아니었다.

한동안 극성스레 짖어 대던 개들이 잠잠해졌다.

"하시모토가 나오는갑다."

누군가 반갑게 한 말이었다.

그때 대문이 열렸다. 그리고 쏟아져 나온 것은 시커먼 개들이었다. 개들은 그대로 사람들을 덮쳤다.

"으악!"

대문 앞에 섰던 사람들이 비명을 토하며 쓰러지고 나둥그러졌다. 송아지만 한 개들은 으르렁거리며 넘어진 사람들을 물어뜯었다.

사람들은 어쩔 줄 몰라 소리를 지르며 우왕좌왕했다.

따앙!

그때 총소리가 진동했다. 순사들이 들이닥친 것이었다.

"베쓰, 톰, 메리! 잘했다, 이리 와, 이리 와!"

대문 안쪽에서 양손을 허리에 받치고 버티고 선 하시모토는 여유 만만하게 개를 불렀다.

"그놈들, 다시는 이따위 짓 못하게 다 잡아넣어. 내가 소장한테 단단히 말해 놨으니까!"

하시모토가 대문을 닫기 전에 순사들에게 내쏜 말이었다.

"이 새끼들, 해산하라니까 우릴 속이고 이쪽으로 와! 한 놈도 빠짐없이 주재소로 이동한다. 빨리 해, 빨리!"

순사들의 위협 속에 그들은 개에 물린 세 사람을 업고 받치고 했다.

주재소로 떼밀려 들어간 그들은 차례로 이름을 대고 손도장을 눌렀다. 개에 물린 사람들도 부축을 받아 가며 손도장을 눌렀다. 다시는 그런 집단 난동을 부리지 않겠다는 각서였다.

그들은 개에 물린 김춘배, 박건식, 하봉수를 번갈아 업어 가며 마을로 돌아왔다.

세 사람은 며칠째 앓아누워 있었다. 물린 상처도 상처지만 놀라움도 커서 쉽게 일어나지 못했다. 특히 하봉수는 밤마다 헛소리를 하며 식은땀을 쏟았다.

셋을 뺀 나머지 사람들은 앞으로 어떻게 할지 이야기를 나누었다. 어차피 땅 찾기는 틀렸으니 더 늦기 전에 다른 살길을 찾아 마을을 떠나야 한다는 쪽과, 땅을 찾을 때까지 무슨 수를 쓰든 버텨야 한다는 쪽으로 나뉘었다. 땅 찾기를 포기한 쪽이 서너 명 더 많았다.

남상명은 땅을 찾는 쪽에 서기는 했지만 속마음은 오락가락했다. 버티자니 살아갈 일이 막막했고, 떠나자니 갈 곳이 막막했던 것이다.

그러던 어느 날, 저녁 밥상머리에서 큰아들이 불쑥 말을 꺼냈다.

"아부지, 나 동생허고 돈벌이 떠날라요."

"뜬금없이 무슨 소리여?"

이렇게 말하면서도 남상명은 놀라지 않았다. 큰아들 만표는 벌써 서너 달 전부터 그런 냄새를 풍겨 왔던 것이다.

"소작도 떼이고, 땅 찾을 가망도 없응게 우리가 돈벌이 나설라는구만요."

"야아, 남의 집 머슴살이보다 낫제라."

작은아들 만기가 덩달아 나섰다.

남상명은 할 말이 없었다. 위로 두 딸을 시집보내고 큰아들은 스무 살이 꽉 차도록 장가보낼 엄두도 내지 못하고 있었다. 논을 빼앗기면서 일어난 병통이었다. 그런데 어느덧 작은아들마저 장가들 나이가 넘어가고 있었다.

"아부지는 동생들 키우면서 편헌 맘으로 땅 찾는 일이나 허시씨요."

"하먼이라, 아부지는 인제 늙었응게 호강만 허시면 되는구만이라."

남상명은 더 할 말이 없어졌다. 자식은 딸 둘에 아들 하나가 더 있었다. 그런데 자신의 나이는 어느덧 마흔을 훌쩍 넘어 있었다.

다음 날 남상명은 박건식 문병을 갔다. 박건식은 땅 찾기를 포기하고 어딘가로 떠나려는 사람들이 생겨나면서부터 얼굴에 더 짙은 그늘이 서렸다.

"……의논헐 일이 있는디, 우리 만표허고 만기가 돈벌이를 떠난다는디……."

"그럼 아재도 뜨시게라?"

박건식이의 다급한 물음이었다.

"아니여, 나는 나이가 안 있능가? 여기 앉어서 끝까지 땅을 찾어야제."

"갸들도 장가들 나이가 찼는디 생각이 없겄소? 소작도 떼인 판에 무슨 수로 잡아 앉혀 두겄소. 즈그들 맘만 강단지면야 보내는 것도 괜찮겄제라."

남상명이 뜨는 것이 아니라는 말에 안도하며 박건식은 이렇게 응답했다.

"모르겄네, 즈그들이 무슨 돈을 벌지."

이렇게 말하면서도 남상명은 두 아들의 말을 들어주기로 마음을 굳히고 있었다.

"근디, 뜰라고 맘 정헌 사람들은 어찌 되고 있소?"

"만주로 뜬다는 사람이 예닐곱 되고, 화전 일군다는 사람 두엇에, 식구들은 여기 두고 타지로 돈벌이를 나선다는 사람이 두엇이고 그렇구마."

"만주로 뜬다는 사람이 제일 많구만이라? 어쩌겄소, 못 뜨게 말릴 수도 없고."

박건식이 팔뚝의 상처 부위를 긁으면서 한숨을 내쉬었다.

신세호네 동네에서도 똑같은 사건으로 네 집이 만주로 떠날 채비를 끝내 놓고 있었다.

하지만 그들은 열흘이 넘게 떠나지 못하고 있었다. 신세호가 은밀하게 붙들어 놓고 있는 까닭이었다.

신세호는 그들이 아무 연고도 없는 만주로 떠난다고 하자 무언가 도와주고 싶었다. 그래서 생각한 것이 송수익에게 소개해 주는 것이었다. 그들을 붙들어 놓고 신세호는 공허를 기다렸다.

공허는 열나흘 만에 나타났다.

"좋고말고요. 그리허제라."

공허의 시원한 응답이었다.

그러나 공허는 소개장은 써 주지 말고 말로만 자세히 알려 주라고 했고, 송수익의 이름도 감춘 채 지삼출을 찾으라고 했다.

동네 사람들은 이별 잔치 할 돈을 추렴했다. 신세호는 그 돈은 네 집의 노자에 보태게 하고 잔치는 자기 집에서 차리기로 했다.

아침부터 준비한 잔치는 해 질 녘에 시작되었다. 마당에 덕석을 깔고 떠나는 사람들과 보내는 사람들이 둘러앉은 잔치 자리는 침통하기만 했다.

"……지가 한마디만 허겄구만요. 즈그들 겉은 상것들이 동네를 뜨는디도 선생님 겉으신 양반 어르신이 잔칫상을 차려 주시니 무슨 말을 드려야 헐지 가슴만 답답허구만이라우. 이 은혜 평생 안 잊고 은혜 갚을 날 오기를 기다리겄구만요. 이승에서 못 갚으면 저승에 가서라도 꼭 갚겄구만이라우."

문 서방이 신세호 앞에 허리를 깊이 숙였다. 분위기가 착 가라앉았다. 그때 누군가가 불쑥 입을 열었다.

"아따 저 사람, 한마디만 헌다더니 치렁치렁 열두 발이시. 참 숭헌 사람이네 잉?"

무거운 분위기를 깨려는 그 말에 사람들은 기다렸다는 듯 와아 웃음을 터뜨렸다.

신세호가 천천히 몸을 일으켰다.

"내가 변변찮은 자리를 만들었응게 먼저 술을 한 잔씩 따라야 도리인디, 어이, 숭헌 사람, 문 서방부터 한 잔씩 받소."

신세호는 한 사람, 한 사람 돌아가면서 조롱박으로 술잔을 채웠다.

술잔이 돌고 어둠살이 퍼지면서 사람들은 술기운이 거나해졌다. 그즈음부터 여자들도 한쪽 자리를 잡았다.

"술에 취허면 가무가 따라야 제맛 아니드라고? 내가 노래 한

자락 허겄는디, 워띠여?"

한 사람이 비틀거리며 일어섰다.

서산에 지는 해는 지고 싶어 지느냐
날 두고 가시는 임 가고 싶어 가느냐

〈아리랑〉 가락이 설움으로 휘늘어지고 사무침으로 휘감기면서 애간장을 녹이고 있었다.

아리아리랑 쓰리쓰리랑 아라리가 났네
아아리랑 끙끙끙 아라리가 났네

이 대목이야 더 말할 것도 없이 합창이 되었다.

만주로 가는 것이 좋아서 가나
전답을 뺏겼응게 울면서 가제

"얼씨구 조오타, 자알헌다."

아리아리랑 쓰리쓰리랑 아라리가 났네

아아리랑 끙끙끙 아라리가 났네

"인제 여자들이 받으소!"

한 사람이 춤을 벌렁거리며 외쳤다.

물 좋고 산 좋은 데 일본 놈 살고

논 좋고 밭 좋은 데 신작로 난다

"얼씨구나, 그 소리 한번 맵다."

눈물길 만주길 언제나 오려나

부자 돼서 온다고 약조를 허세

아리아리랑 쓰리쓰리랑 아라리가 났네

아아리랑 끙끙끙 아라리가 났네

그들은 모두가 일어나 괴로움을 삭이는 춤을 추었다.

동네 사람들은 다음 날 아침 해가 떠오를 즈음 당산나무 아래에 모였다. 네 집 식구들은 다들 크고 작은 짐들을 이고 지고 있었다.

문 서방이 당산나무 앞에 무릎을 꿇고 사발에 술을 따랐고, 떠나는 21명이 다 같이 절을 올렸다. 고향 땅에 올리는 작별 인사였다. 그들은 다시 짐을 이고 지고 떠날 채비를 했다.

"가만, 가만있어 보드라고."

그때 신세호가 허둥거리는 몸짓으로 나뭇가지를 하나 주워 들었다. 그리고 그는 당산나무 아래 땅을 헤집기 시작했다. 그 뜻을

알아차린 서너 사람이 함께 땅을 파헤쳤다.

신세호는 네 가장에게 흙을 한 주먹씩 건넸고, 그들은 머리에 동인 수건을 풀어 흙을 받아 감쌌다.

22

민심의 노래

"이놈아! 그리 삐딱허게 서지 말고 똑바로 서!"

늙은 거지가 버럭 소리치며 싸리 회초리로 방바닥을 내리쳤다.

"나는 동냥아치가 아니랑게라. 우리 동생 찾으러 댕긴단 말이오."

꾀죄죄한 차림이 천생 거지일 뿐인 소년이 울상이 되어 발을 굴렀다. 그 아이는 여동생 옥녀를 찾아 헤매 다니는 득보였다.

"요놈아, 니가 동생을 찾을 때까지는 동냥질로 먹고살어야 헐 것잉께 시키는 대로 장타령을 배워 갖고 떠나도록 혀."

때며 검댕이 덕지덕지한 주름진 얼굴로 늙은 거지는 득보를 달래듯 히죽이 웃어 보였다.

"장타령 안 부르고도 그동안 밥만 잘 얻어먹었단 말이오."

"아, 시끄럿! 니놈을 딱 보니 솔찬이 똑똑헌 것 겉은디, 이눔아, 내가 장타령 가르칠라는 것은 쉽게 밥 빌어먹으라는 것이 아니라 동냥 주는 사람들헌티 고마워허라는 것이여. 무슨 소린지 알아먹겄어!"

늙은 거지는 갑자기 목소리를 높이며 회초리 끝으로 득보의 눈을 겨누었다.

득보는 흠칫 놀라 뒤로 물러서며 고개를 가로저었다.

"거 보랑게, 아무것도 모르는 놈이 시건방지게 나대, 나대기를! 고것이 무슨 말인고 허면, 장타령은 나 배고파 죽겄응게 밥 한술 보태 주씨요 허는 뜻으로 부르는 것이 아니고, 어르신네들, 지가 노래 한 자락 부를 것잉께 들어 주시고 귀헌 밥 한술 보태 주시면 고맙게 먹겄구만이라우, 요런 뜻으로 부른다 그것이여, 알겄어!"

득보는 눈만 꿈벅꿈벅하고 서 있었다.

"이눔아, 대답을 혀! 고런 뜻을 알고 있었어, 몰랐어!"

"모, 몰랐구만이라우……."

득보는 고개까지 저으며 대답했다. 〈장타령〉이 동냥 달라고 거지들이 떼쓰는 소린 줄만 알았지 그런 뜻이 있는 줄은 정말 몰랐다.

"장타령 한 자락 안 허고 얻어먹은 니놈은 순전히 도적놈 심보로 산 거이다. 그러면서 나는 동냥아치가 아니라고? 에라, 이 순 속 시커먼 도적놈아, 내 손에 맞어 죽어라!"

늙은 거지는 벌떡 일어나더니 곧 목을 조를 것처럼 두 손을 펴고 득보에게 달려들었다.

"아니구만요, 아니구만요, 장타령 배울랑마요."

뒤로 쫓기다가 벽에 막힌 득보가 다급하게 외쳤다.

"참말이여?"

"야아, 참말이구만이라우."

득보는 늙은 거지를 올려다 보며 고개를 마구 끄덕였다.

"니, 아까 육자배기 허듯이 정신 써서 잘허겄냔 말이여!"

"야아, 아까는 그냥 아부지가 허든 것 들은 대로……."

"되았어. 그런 맘으로 허라 그것이여."

"야아, 알겄구만이라우."

늙은 거지는 뒤로 물러섰고, 득보는 슬슬 눈치를 보며 주저앉았다.

"느그 아부지가 소리를 잘했는갑제?"

"야아, 동네서 제일로 잘했구만요."

"소리 잘허는 아부지가 어찌 되고 니가 이 꼬라지로 댕기냐?"

"……."

"야 이눔아, 어른이 물으면 얼렁얼렁 답을 혀!"

"왜놈들헌티 총 맞어 죽었구만이라. 우리 논 뺏을라는 지주총대를 아부지가 홧김에 패대기쳤는디 지주총대가 다쳐 갖고……."

득보는 고개를 떨구며 손등으로 눈을 훔쳤다.

“그려, 억울한 이야기는 자꾸 해야 속병이 안 되는 것이여. 근디, 엄니는 어찌 되았다냐?”

“정신이 나가서 밤이고 낮이고 아부지 묏등 찾아댕기다가 저수지에 빠져…….”

“아이고 줄초상 나부렀네. 왜놈들이 철천지 웬수로구나. 그려서 어찌 되았냐?”

늙은 거지는 이야기를 독촉하느라 회초리로 방바닥을 톡톡톡 쳤다.

“동생이 소리 잘허는 것 듣고 주막집 아줌니가 배불리 먹여 살려 준다고 혀서 따라갔는디, 며칠 있다가 동생을 놀이 패들이 억지로 데려가서…….”

늙은 거지는 득보를 측은하게 바라보며 가까이 오라고 손짓했다.

“이야기를 듣고 보니 니를 억지로 끌고 오기를 잘했다는 생각이 든다. 내가 니를 끌고 온 것은 니가 육자배기를 잘허길래 새로 생긴 장타령을 듣기 좋게 가르쳐 볼라고 그런 것이여. 근디 그리 가슴에 맺힌 사연까지 지녔응께 아주 더 잘되았다. 시방 내가 허는 소리가 무슨 말인지 못 알아먹겄지야?”

늙은 거지는 득보의 머리를 쓰다듬으면서 정답게 물었다.

득보는 고개를 끄덕거렸다.

"그럴 것이여. 근디, 먼저 한 가지 묻자. 왜놈들이 니 웬수겄제?"

"야아."

득보는 꼬옹 힘을 쓰며 대답했다.

"나중에 커서 어쩔 것이여?"

"아부지 엄니 웬수 갚아야제라."

"그려, 고런 맘 없으면 자식이 아니고, 사내도 아니제. 그럼 내 말 잘 들어야 써."

늙은 거지는 궐련 꽁초를 까서 종이에 말고는 귀한 성냥으로 불을 붙였다.

득보는 아까 개울가에서 끌려오던 때를 생각했다. 배도 고프고 목도 말라서 개울로 내려가 물을 실컷 마셨다. 그리고 동생을 생각하며 하늘을 바라보다가 흘러나오는 대로 노래를 불렀다.

'말 물어보자, 말 물어보자, 저기 가는 저 기러기야…….'

옛날에 아버지가 구성지게 부르던 노래였고, 동생을 찾을 길이 막막할 때면 부르는 노래였다. 그런데 누군가가 뒤에서 장단을 맞추는 것이었다. 놀라 돌아보니 늙은 거지가 헤벌레 웃고 서 있었다. 그런데 그 거지가 갑자기 팔을 낚아챘다. 득보는 자기네 구역에 들어와서 동냥질한다고 또 끌려가서 얻어맞을까 봐 팔을 뿌리치고 내뛰었다. 그동안 그런 일을 심심찮게 당했던 것이다. 그러나 얼마 달아나지 못하고 잡혀 이 오두막집으로 끌려오게 되었다.

"동냥아치들이 어째서 장타령을 허는지는 아까 다 말했응께 알아들었지야?"

"야아."

"허면 지금부터 장타령이 뭔지 일러 줄 팅께 똑똑히 들어. 남들이 귀헌 밥 귀헌 돈을 적선허게 헐라면 깊은 뜻이 있는 말로 장타령을 엮어야 혀. 그 깊은 뜻이 뭐냐! 바로 사람들 맘속에 들어 있는 아프고 쓰리면서도 말로 못허는 사연을 담아야 된다 그것이다. 사람들이 말로 못허는 것을 우리가 대신 풀어 주는 것이 바로 장타령이다 그런 말이다."

"사람들이 말로 못허는 것이 뭔디요?"

득보는 의아한 얼굴이었다.

"요새 조선 사람들이 미워허면서도 내놓고 욕 못허는 인종들이 누구제?"

"고것이야 왜놈들이제라."

"아이고, 똑똑타! 바로 고것이다. 요새 왜놈들헌티 당헌 사람이 얼마나 많고, 그 분헌 맘이 얼마나 속에서 끓겄냐? 그 원통헌 사연을 장타령으로 엮어 소리로 읊으면 사람들 속이 얼마나 시원허겄냐!"

늙은 거지는 제풀에 신명이 오르고 있었다.

"그럼 나도 배울랑마요."

득보는 눈이 또릿또릿해져 말했다.

"오냐, 니는 왜놈들헌티 웬수 갚는 맘으로, 아부지 엄니 가슴에 맺힌 한을 풀어드린다는 맘으로 잘 배워야 써."

득보는 늙은 거지를 바라보며 고개를 끄덕였다.

"자, 그럼 저기 가서 똑바로 서는디, 똑바로 서기만 허는 것이 아니고 맘도 잡생각 없이 깨끗해야 허는 것이여. 내가 시방 부처님 앞에 합장허고 있다, 내가 시방 신령님 앞에 절허고 있다, 요런 맘을 지니라 그것이여. 알아듣겄지야?"

"야아!"

득보는 몸을 꼿꼿하게 세우고 야무지게 대답했다.

"옳지, 그럼 내가 먼저 사설을 읊을 것이니, 잘 들어."

늙은 거지는 깨진 바가지를 앞에 끌어다 놓고는 어험 큼큼 목청을 다듬었다.

자아 시구시구 들어가는디, 어얼 시구시구 들어간다 저얼 시구시구 들어간다, 어절시구 들어간다 저절시구 들어간다, 푼파바푼파바 자리헌다아 푸부품파 자리헌다, 어허 작년에 왔던 각설이가 죽지도 않고 또 왔네, 어절 시구시구 들어간다 저리절 시구시구 들어간다, 일자나 한자나 들고나 봐아 일본 놈의 세상 되어 10년 세월 다 돼 가니, 이자나 한자나 들고나 보니 이 세상이 지옥살이

2천만이 통곡헌다, 삼자나 한자나 들고나 봐아 3천 리라 금수강산 토지조사로 묶어 놓고, 사자나 한자나 들고나 보니 4년이고 5년이고 땅뺏기에 혈안이라, 오자나 한자나 들고나 봐아, 오지겄다 왜놈들아 그 맛이 꿀맛이겄다, 푼파바 푼파바 자리헌다아 푸부품파 자리헌다, 어얼 시구시구 들어간다 저얼 시구시구 들어간다, 품바 품바 들어간다, 육자나 한자나 들고나 봐아 육십 영감 분통터져 감나무에 목을 매고, 칠자나 한자나 들고나 보니 칠십 할멈 절통혀서 저수지에 뛰어드네, 팔자나 한자나 들고나 봐아, 팔자에 없는 만주살이 떠나는 이 그 누군가, 구자나 한자나 들고나 보니 구만리장천에 기러기도 슬피 우네, 십자나 한자나 들고나 보세 10년이야 넘겄느냐 왜놈들아 두고 보자, 어허 품바 자리헌다.

방바닥을 토닥거리며 장단을 맞추던 회초리를 끊어 치며 늙은 거지는 〈장타령〉을 끝냈다.

"어떠냐?"

늙은 거지는 흐릿하게 웃으며 득보를 올려다보았다.

"할아부지, 그 사설은 할아부지가 지으셨는게라?"

"하이고 요런 이쁜 자식아, 내가 고런 기막힌 사설을 지을 줄 알면 요 꼬라지로 여기 앉었겄냐?"

늙은 거지는 키들거리고 웃었다.

"그것은 딱 누구 한 사람이 지은 것이 아니여. 이 사람, 저 사람, 수많은 사람들 맘이 모아져 지은 것이제. 니 민심이란 말 아냐? 그 민심이란 것이 이리 궁굴고 저리 궁굴고 허면서 만들어진 거이다."

"그럼 왜놈이 다 없어지면 새 장타령이 만들어지나요?"

"아이고, 저 영특헌 것이 딱 내 손자새끼시! 하먼, 새 장타령이 만들어지고말고."

"나는 새로 생긴 아리랑을 부를 줄 아는디요."

"그려? 어디 한번 불러 봐라."

아아리랑 아아리라앙 아아라리요
아아리랑 고오개로오 넘어간다
밭은 털려서 신작로 되고요
집은 털려서 정거장 되네
아아리랑 아아리라앙 아아라리요

이 대목에서 목소리가 합쳐졌다.

아아리랑 고오개로 날 넘겨 주소

"또 한 자락 있다, 내가 부를란다."

문전옥답 털려서 신작로 되고
말깨나 허는 놈 감옥소 간다
아아리랑 아아리라앙 아아라리요
아아리랑 고오개로 날 넘겨 주소

늙은 거지와 득보는 얼싸안았다.

득보는 제 또래의 세 아이가 얻어 오는 밥을 먹어 가며 날마다 〈장타령〉을 배웠다.

사흘이 지나고 닷새가 되자 목이 잠겨 버렸다. 그때쯤 득보는 어깨춤과 바가지를 두들기는 장단과 가락을 한 덩어리로 어우러지게 하는 묘미를 깨닫고 있었다.

열흘째 되는 날 늙은 거지가 말했다.

"인제 되았다. 낼 아침에 가거라."

운동장 가의 벚꽃이 무더기로 지고 있었다. 송중원은 지는 꽃잎을 하염없이 바라보고 있었다. 가슴을 적시는 슬프게 아름다운 감정과 달리 송중원은 저 꽃을 미워해야 한다고 생각했다.

벚꽃은 필 때는 가슴이 환해지는 기쁜 아름다움을 느끼게 했

고, 질 때는 가슴이 스산해지는 슬픈 아름다움을 느끼게 했다. 그런데 왜놈들은 그 피고 지는 아름다움을 마치 자기네 것인 양 꾸며 대일본 제국을 찬양하라고 강요했다. 송중원은 아침에 얻어맞은 볼기짝의 통증을 아직도 느끼며 학생들이 거의 다 돌아간 빈 운동장 가에 서 있었다.

"너 이놈! 앞으로 한 번만 더 그따위 짓 하면 퇴학이야. 넌 폭도 괴수 송수익의 아들이란 걸 잊지 말어!"

몽둥이로 볼기짝을 스무 번 후려치고 난 훈육주임의 말이었다.

벌은 그것으로 끝나지 않았다. 일본 국가를 열 번이나 소리쳐 불러야 했다. 조회 시간에 일본 국가를 목소리로 부르지 않고 입술로만 부르다가 들켰던 것이다.

불어오는 바람에 왜놈들이 떠받드는 꽃 사쿠라가 전멸하듯 떨어지고 있었다. 송중원은 그 바람에서 아버지의 체온을 느꼈다.

'아버지, 어서 독립군과 함께 진공해 저 사쿠라 꽃잎이 떨어지듯 왜놈들을 쳐 없애 주십시오.'

"지는 꽃 보면서 새각시 생각허냐?"

누가 어깨를 쳐서 송중원은 고개를 돌렸다. 이광민 선배가 웃고 있었다.

"사쿠라를 보면서 왜 각씨를 생각혀?"

송중원은 이광민에게 눈총을 쏘았다.

"그려, 말이 잘 안 되네. 참, 니 몽둥이찜질 당했다는 말 들었다. 맞은 자리는 어떠냐?"

"참, 소식도 빠르네."

송중원의 얼굴에 불쾌한 표정이 드러났다. 다른 학생들을 가르친다고 그 이야기를 사방에 떠벌이고 다녔을 훈육주임에 대한 감정이었다.

"근디 노래 안 부른다고 왜놈들이 망허는 것도 아닌디 괜히 매 벌지 말고 다음부터는 욕하는 기분으로 남들보다 곱쟁이로 크게 불러 대면 어쩌겄냐?"

이광민이 장난이 아닌 얼굴로 말했다.

"그려……, 그것도 괜찮겄는디."

송중원이 고개를 끄덕이며 이광민을 바라보았다.

"공연히 매 벌어서 몸 멍들이지 말어. 그런 일에 쓰고 말 몸이 아닝게."

한 학년밖에 차이 나지 않으면서도 퍽 선배인 것처럼 말하는 이광민을 송중원이 빤히 바라보았다.

"뭘 그리 빤히 보냐? 선배님이 옳은 말씀 허시면, 명심허겄습니다, 허고 따르면 됐제."

이광민은 장난스레 웃으며 송중원의 어깨를 두들겼다.

"어째서 만나자고 헌 거여?"

"떨어져 살면 각씨 생각 안 나냐?"

이광민이 갑자기 엉뚱한 소리를 했다. 학생 하나가 이쪽으로 걸어오고 있었다. 어깨가 좁짱하고 얼굴이 희뭚은 것이 한눈에 일본 학생이었다.

고개를 돌리지 않고도 누가 오고 있다는 것을 눈치챈 송중원은 지체 없이 말을 받았다.

"생각나서 끙끙 몸살을 앓어."

조선 학생들은 너나없이 이런 상황에 대비하는 데 이골이 나 있었다. 일본인 선생들은 물론이고 학생들도 어지간한 조선말은 다 알아들었다. 그리고 조선 학생들은 일본 학생들까지 제2의 경찰이나 헌병으로 여겼다.

"흐흐흐흐…… 그래 갖고 공부가 되겄냐?"

이광민은 능청스럽게 흐흐거렸다.

조선 학생들은 중요한 이야기일수록 운동장에서 만났다. 눈길 없는 데서 만났다가는 오히려 눈총을 받기 쉬웠다.

"니 참말로 각시가 이쁘냐?"

이광민은 진심으로 물었다.

"글쎄…… 잘 모르겄어."

송중원은 멋쩍게 웃으며 말했다. 대답을 피하는 게 아니었다. 1주일에 한 번씩 만나서 그런지 혼인한 지 대여섯 달이 지났는데도 그저 어색하고 서먹서먹할 뿐이었다.

"요런 말 헐라고 만나자고 헌 거여?"

"아이고 참, 말이 한참 엇나갔네. 새 창가가 나왔응게 저녁에 예배당으로 나와라."

"요번에는 어떤 창간디?"

"독립군 찬양허는 것이라더라."

"그럼 만주에서 온 것 아니라고?"

"그렇겄제."

"참, 만주에서는 허는 일도 많다. 만주가 없었으면 우리는 뭐가 됐을랑가?"

송중원은 혼잣말하듯 했다. 아버지를 생각하고 있었던 것이다.

"근디, 니 일본 유학 갈지 어쩔지 정했냐?"

"나는 아직 멀었는디 뭐. 형은 정했는가?"

"이, 아부지가 결국 허락허셨제."

송중원은 부러움을 느끼며 맥이 빠졌다. 집안 형편으로 보아 일본 유학은 어려웠다. 자기 혼자라면 모르지만 잇따라 공부시켜야 할 동생이 있었다. 장인은 학비를 보탤 테니 일본 유학을 작정하라고 했다. 그러나 처가 덕을 본다는 것이 별로 내키지 않았고 더구나 처가의 살림이 풍족한 것도 아니었다.

"경찰에서 창가 보급이 조직적으로 진행되고 있다는 것을 눈치

챈 모양이여."

"벌써 냄새 맡었능가?"

"원체 앞잡이들이 많으니까. 이따 올 적에도 뒤를 밟히는지 잘 살펴. 어쨌거나 경찰에서 눈독 들이는 것을 보면 우리가 허는 일이 효력이 있는 것 아니드라고? 인제 가봐야겄다."

"이, 이따가 만나세."

송중원이는 책보자기를 집어 들었다.

창가보급회는 지난해 10월에 조직했다. '나라의 흥망성쇠는 국민정신에 달려 있고 국민정신을 일으키는 것은 가곡이 제일'이라는 뜻을 실천하기 위해서였다. 창가보급회에서 서당과 야학 학생들에게 가르치는 창가는 모두 반일 의식을 일으키고 민족의식을 불어넣는 것들이었다. 〈대한혼〉, 〈조국생각가〉, 〈안중근찬양가〉, 〈독립군가〉 같은 노래를 부르면서 일본에 대한 적개심을 불러일으키고 애국심을 키워 독립 투쟁에 나서게 하자는 것이었다.

송중원은 창가보급회에 주저 없이 가입했다. 아버지의 뒤를 따라야 한다는 생각에서였다. 그러나 식구들에게는 입을 떼지 않았다.

〈6권에 계속〉

조정래 대하소설

아리랑

[제2부 민족혼]

주요 인물 소개

소설에 담긴 역사 속 주요 사건

주요 인물 소개

송수익
사랑방 모퉁이에 서당을 차려 동네 아이들을 가르쳤으나 일본이 정책을 바꾸어 그마저도 하지 못하고 뒤숭숭한 마음에 신문을 읽으며 세상의 변화를 살피던 중 나라를 빼앗긴 울분에 의병을 일으켜 싸우다 일본군의 포위망이 좁혀 오자 만주로 이동한다.

지삼출
송수익과 함께 의병으로 활동하는 평민으로 신분을 뛰어넘어 모든 사람을 공평하게 대하는 송수익을 존경하고 따른다.

장칠문
아버지 장덕풍과 함께 친일의 길을 비판 없이 걷는 청년으로, 우연한 기회에 의병을 잡아 정식 일본 경찰이 된다.

쓰지무라
일본 영사관 서기로 하야가와와 합심해 백종두를 일진회 회장 자리에 앉히고 친일 단체의 뒤를 봐 준다.

백종두

고을의 이방으로 일하다 일본인들의 환심을 사 일진회 회장으로 추대되고 명예를 위해 온갖 악행도 마다하지 않는 인물이다. 양반 지주들을 불러 모아 토지조사위원회를 구성하는 지주총대를 뽑는다.

이동만

일본인 농장주 요시다에게 신용을 얻어 재산을 늘리고 신분을 격상시키는 데 몰두하며 시대의 변화에 민감하게 대응한다.

차득보

토지조사사업을 반대하던 아버지가 총살당하고 어머니마저 돌아가시면서 동생 옥녀와 함께 거지가 된다. 소리를 잘하는 동생이 주막집 주인의 눈에 띄어 몰래 팔려 가자 동생을 찾아 떠돈다.

정도규

큰형 정재규와 작은형 정상규의 재산 다툼을 해결하고, 물려받은 재산으로 동네 사람들을 보살피며 뒷날을 도모한다.

방보름

하와이 사탕수수 농장으로 일하러 떠난 방영근의 여동생이다. 의병으로 나간 남편이 죽고 시아버지와 아들을 부양하던 중 시아버지마저 병으로 세상을 떠나자, 어머니 감골댁과 동생 방대근을 찾아 고향으로 돌아온다.

방수국

방영근, 방보름에 이은 감골댁의 셋째 딸. 수국 꽃처럼 복스럽고 우아한 데다 눈이 번쩍 뜨일 정도의 미모로 남자들의 눈길을 사로잡는다.

양치성

아버지가 병으로 세상을 떠난 후 동생들을 부양하기 위해 구걸하다가 우체국장 하야가와의 눈에 띄어 일본 유학을 다녀온 후 정보 요원으로 일한다.

소설에 담긴 역사 속 주요 사건 : 1910~1920년

토지조사사업

1910년부터 1918년까지 일제가 한국에서 식민지적 토지 제도를 확립할 목적으로 실시한 대규모 조사사업이다. 총독부 소유의 땅을 최대화하고, 세금 징수와 한국 땅에 대한 치밀한 측량을 통하여 정치·경제·군사를 완전히 장악하고, 양반의 재산을 보호하여 친일 세력을 만들고자 하였다.

대한광복단

1913년 경상북도 풍기에서 조직된 비밀 결사에 의한 독립운동 단체이다. 장교 출신을 중심으로, 유림, 계몽운동가 등 여러 계층의 인물이 모여, 군자금 모집, 반역자 응징, 일제 관헌 기관 습격 등의 활동을 벌였다.

역둔토특별처분령

1913년 10월 29일, 총독부는 무력을 앞세워 국유지로 편입시킨 조선 사람들의 역토(자갈 많은 땅)나 둔토(군량미를 얻기 위한 땅)를 일본 이주민들에게 우선 대여해 주는 특혜법령을 발표했다.

국민군단 창설

1914년 6월 10일 하와이에 창설한 항일 군사 교육 단체로, 공식 명칭은 '대조선국민군단'이다. 박용만의 주도로 창설되었으며, 항일 무력 투쟁에 대비한 군대 양성이 목적이었다.

독립운동가 박용만과 이승만의 분열

미주에서 활동한 대표적인 독립운동가인 박용만과 이승만이 대립한 사건이다. 두 사람은 원래 사상적 동지였으나, 박용만이 무장 투쟁론을, 이승만이 외교 교섭론을 주장하면서 견해 차이를 보였고, 1914년 둘은 정적으로 갈라섰다.

종교통제안

종교 단체의 활동을 조사·정리하여 법규로 규정함으로써 종교를 식민 통치에 맞게 길들이고자 한 정책 중 하나이다. 이 일환으로 사찰령 공포, 성균관 폐지, 개신교 지도자 탄압 등의 조치가 이루어졌다.

조선물산공진회

1915년 9월 11일부터 10월 30일까지 일제가 경복궁에서 전국의 물품을 수집·전시한 박람회이다. 식민 통치의 정당성과 업적 과시는 물론 계몽과 선전이 목적이었다.

서당규칙

민족 의식과 애국심 고취에 중요한 역할을 담

당하던 서당을 탄압할 목적으로 제정한 법령이다. 서당 개설은 도지사의 인가를 받도록 하였으며, 교과서도 총독부 편찬본만을 사용하도록 하였다.

한인청년단

1918년 러시아 블라디보스토크에서 조직된 민족주의 단체이다. 망명객 최대일의 주도로 조직되어 150명 정도의 회원이 있었고, 한국의 독립을 위해 민족주의자들의 단결을 유도하고자 하였다.

민족자결주의

한 민족이 그들 국가의 독립 문제를 다른 민족이나 국가의 간섭을 받지 않고 스스로 결정짓게 하자는 원칙이다. 1919년 파리 강화회의에서 미국 대통령 윌슨이 제창한 14개조의 평화 원칙 중 하나이다.

3·1운동

1919년 3월 1일을 기점으로 일제에 저항하여 지식인, 학생, 노동자, 농민, 상공인 등 전 민족적으로 일어난 항일 독립운동으로 일제강점기의 민족 운동 중 최대 규모였다.

경신참변

1920년 일본군이 만주를 침략해 독립군을 토벌한다는 명목으로 무고한 한국인을 대량으로 학살한 사건이다. '간도참변', '경신간도학살'사건이라고도 한다.

소비에트공화국 수립

1922년 12월 30일 러시아를 비롯하여 4개의 소비에트사회주의공화국 사이에 연방 조약을 체결하여 '소비에트사회주의공화국연방', 약칭 '소련'이 탄생되었다.

조정래 대하소설

아리랑 청소년판 5

초판 1쇄 2015년 6월 15일

원작 | 조정래
엮음 | 조호상
그림 | 백남원
발행인 | 송영석

펴낸곳 | (株)해냄출판사
등록번호 | 제10-229호
등록일자 | 1988년 5월 11일(설립일자 | 1983년 6월 24일)

121-893 서울시 마포구 잔다리로 30 해냄빌딩 5 · 6층
대표전화 | 326-1600 **팩스** | 326-1624
홈페이지 | www.hainaim.com

ISBN 978-89-6574-515-0
ISBN 978-89-6574-510-5(세트)

파본은 본사나 구입하신 서점에서 교환하여 드립니다.

이 도서의 국립중앙도서관 출판예정도서목록(CIP)은 서지정보유통지원시스템 홈페이지(http://seoji.nl.go.kr)와 국가자료공동목록시스템(http://www.nl.go.kr/kolisnet)에서 이용하실 수 있습니다.(CIP제어번호: CIP2015014332)